無駄の物語

田中　潤

まえがき

世界の国々が市場原理主義に任せたことによる経済の破綻、歪な民主主義の多数決による弊害、資本主義の暴走による貧富の差の拡大と、社会が成熟したにも関わらず、コミュニケーションは明らかに退化して、21世紀の今、重大な危機を迎えていると感じるのは、私だけでしょうか。

グローバル化が世界を平和で豊かにしていくという幻想が大きく揺らいでいます。世界中を跋扈する大企業が、市場原理主義を背景に国家を凌ぐ支配力を持つようになってきたことで、彼らを豊かにする税制が当然のごとく成立しています。地域のコミュニティを担ってきた事業者は追いやられ、合理的な利益を求め続ける独占企業が地域の経済と文化を疲弊させていきます。その波の中で国家は、関税を強化するなど国内産業の保護に努めるものの、自国民の生活とその経済をむしろ悪化させています。

ＡＩ技術の発展により、人間はその時々の感情まで合理的に分析されるようになりました。パソコンやスマートフォンを通じて、人々は無意識にしているその行動までも事細かく情報として世界中の「誰か」に握られるようになっています。もはや、個人情報を知られてしまうリスクなどとは異なる次元の人間管理システムができ上がってきているということなのです。商業主義による宣伝・広告の波が私たちの生活のいたるところに押し寄せ、何事も貨幣価値によって効率的に考えさせられてしまいます。

ところで、皮肉なことですが、私たちは相手の立場に立って合理的に考えるということにあまり慣れていません。日本人は理屈よりも感覚的に調和を重んじる傾向があるので、余計なことはしないようにするという思考が根強いのかも知れません。

過度な技術革新と情報によって、すべてが合理的に支配されていく時代に、いかに人間が人間らしさを貫いていけるかを考えた時、個が自らの意識についてオリジナリティーを強く発信していくことこそ大切であると考えます。今、私たちの生活を明らかに蝕んでいる合理性に対峙するために、無手勝流、すなわち敢えて無駄な生き方をすることに注目したいのです。

そして、コミュニケーションにおいて自分がどれだけ非合理的に相手と向き合うことができるかということが重要であり、そのためには無駄なことを進んですることが最も相応しいと信じています。相手に対して無駄なこと（自分の利益とはならないこと）をしようとする思考の根底には、相手への思いやりの心があるからです。相手を慈しみ、少しでも相手の役に立ちたいという優しさがあるからです。その時、自分本位で合理的な思考は消え去ってしまうのです。そこにこそ、ＡＩの技術革新に負けない温かみのある人間の文化、人間としての美徳があるのです。

この小さな営みを一人一人が身近なところで実行していくことで、誰もが幸せを感じる社会が実現するのではないでしょうか。

本書を執筆するに当り多くの方々の知見に助けていただきました。深く感謝申し上げます。

令和３年７月

田中　潤

無駄の物語＊目次

第2章 思いやりは無駄で溢れている 37の物語

第3章 これからの日本と無駄 19の物語

第1章　無駄なことを目指す22の物語

無駄なこととは

　ある時から「無駄なこと」の意味が気になるようになった。『広辞苑』を引くと、無駄とは「役に立たないこと。益のないこと。」と定義している。良いことも悪いことも単純には言えないようである。例えば、自分のことだけを考えて行動するのは良いこととは言えないけれども、自分が主観的に無駄だと思うことをしても、その行為をされた相手にとっては必ずしも悪いことであったとは言えないのではないだろうか。

　無駄なことをする自分とは、自分にとっては意味のないこと、益のないことをしている状態をいうのだが、それはあくまで主観の中だけの合理的思考であり、それが他の人にとっても益のないことをしているのかと考えると、実は益のあることをしている場合も少なくないと思うようになってきたのである。つまり、ある行為について、無駄なことだ、と本人は思ったとしても、それは主観に過ぎず、必ずしも絶対的な真理ではないだろうということである。自分本位の無駄と区別してこうした他の人との関係を踏まえた無駄の存在価値について考察するようになった。

「人生には、無駄なことはない」という慣用句がある。が、そうすると、無駄は人生の中に存在しないということになる。つまり、無駄だと思っていることが、実は無駄ではなかったということになり、結局無駄なこと自体が人生において意味のあることだという結論になるのではなかろ

うか。養老孟司氏は、人生とは「それだけのこと」に満ちていると述べている。これは、自分がやったこと・やることについて、益があることかどうかを考えること自体不要である、と言っているように思う。

やや哲学的になってしまったが、改めて整理すると、自分のしていることについて無駄かどうかを考えることは無駄であり、無駄だと思っていることも見方が変われば、必ずしもそういうものでもないということだ。

つまり、主観で感じる無駄の概念は、思考から一旦消去する必要がありそうだ。無駄なことは、相手とのコミュニケーションにおいてしばしば生じる。具体的には、自分にとって「無駄なこと」を相手に対してやってあげることは相手にとっては無駄ではない、という現象である。ならば無駄を恐れず一歩進んで、敢えて無駄なことを前向きに行っても良いのではないだろうか。それは自身の合理性との決別である。そして、この発想こそ21世紀を生きる私たちの一つの道標になる、と確信し始めている。

単純再生産と定常型（トントン）社会

昨今、定常型社会という言葉が頻繁に使われるようになってきた。高度経済成長・バブル期・失われた20年、と変遷してきた日本経済だが、国民は一貫して経済を発展させる資本主義の思考に捉われた中で社会生活を営んできた。

今の日本人のほとんどの人が、その社会しか経験していない。しかし、世界は資本主義がもたらす利益至上主義を離れ、自然と環境を第一義に据えた新たな社会の構築に動き出している。

利益を生む活動を無限に進めることを前提にした拡大再生産思考を捨て、そこに関わるすべての人々が一定の豊かさを持ち続けていくことを優先させ、一つの活動のサイクルで得た利益を資本として再投下しない形、あるいは、そうした利益を生じさせずに元手だけで回していく単純再生産の社会を目指していくという気運が、徐々に拡がってきているのである。

筆者は、この社会をトントン社会と呼んでいる。『広辞苑』によれば、トントンとは「二つのものがほぼ同じであること」を言い、用例として「収支はトントンだ」が挙げられて

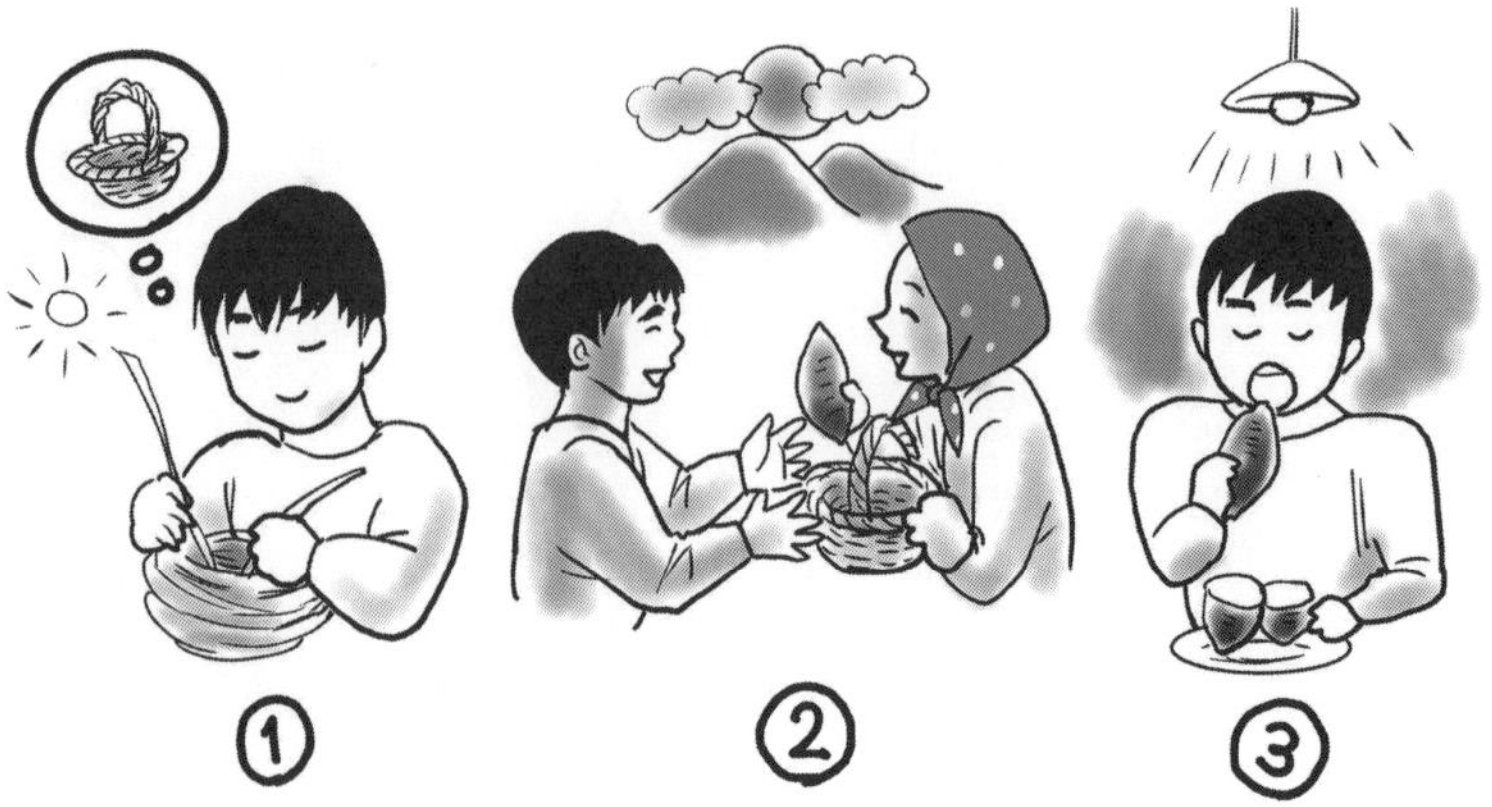

いる。日常よく使う言葉であり、儲かりもしなければ損もしない、ということである。一つの活動をしてトントンであるということは、利益を求める資本家の立場ではまったく満足できないことであり、投資は無駄であったということになるわけだが、活動の過程で生じたこと、つまり、モノを作った相手への支払い、労働者に支払う賃金、取引先への諸経費の支払い、更にモノを買った顧客からの収入と、様々な場面でしっかりと取引が行われた結果トントンなのであって、何もなかったこととはまったく違うのである。

そして、その活動の結果、最終的にプラスもマイナスもなかったわけだから、その活動が社会環境に悪影響を与えるものでなかったならば、大いに良しとするべきなのである。大切なのは、その活動が随所で人と人とのコミュニケーションを豊かにするものであること、自然環境に配慮したものであることなど、人類と地球の未来を守っていくことを踏まえたものかどうかという点である。ここをしっかり押さえた中でのトントン社会の構築こそ、私たちが目指すべき道である。

資本主義と無駄

資本主義がこの世界に発生してから、まだ数百年しか経っていない。労働をして得た利益を投資して更に利益を増やしていくという考えは、日常生活の中で特別意識されてはいない。しかし、実際には、利益を活かして次につなげるという試みを、法人も個人も日々繰り返している。資本主義が発生する以前の世界は、利益を得た人はそれを自らの消費・交際・社会活動・慈善活動に費やした。そこには、無駄遣いという概念はなかったのであろう。

一方、資本主義が発達していく過程で、資本家は投資活動によって得た利益を消費せず、

自らの事業に再投資することを義務としてきた。投資をせずに、利益を生まないことにお金を費やしてしまうことは、無駄な行為と断定された。このお金の無駄遣いの倫理観は、一般大衆にも広く伝播していき、今に至っている。

利益を再投資にまわすという思想は21世紀の現在まで続いてきている。バブル経済の時代などは、まさにその典型的な例だったと言えよう。株にしても不動産にしても、買いが買いを呼び、最後に誰がババを引くのかというマネーゲームとなった。その結果、巨額な損失を被る人が相次ぎ、大きな社会的問題になったにも係わらず、バブルが弾けた後も投資を最優先に考える思想は止まず、行政は経済成長の看板を下ろすことをためらっているのである。

　しかし、定常型（トントン）社会への移行が具体的になりつつある今、利益追求が先鋭化することは大きなマイナスとなるだろう。投資したものが一瞬にして無駄になってしまうという皮肉が、まさに資本主義の矛盾の具体例として頻発するのではないだろうか。コロナ禍では、多くの事業者がその憂き目にあっている。それならば昔のように、自らのため・他人のため・社会のために無駄な消費を行う方が、定常型社会のための正常な形と言えるのではないだろうか。

　資本主義の道を拓いたアダム・スミスが、財産の過度な保有は余計なことであると『道徳感情論』において述べている倫理感とも底流で交わっていると思えるのである。

無駄を覚悟で行う被災地支援

　世界的環境破壊の影響で、日本でもしばしば大きな災害に見舞われるようになった。災害が起こると被災地に支援ボランティアの方々が駆けつけ、無償で被災地の人々のために生活復旧の手伝いをする。個人が行う公益的扶助の最も顕著な例と言えるだろう。

「困っている人を助けることができた」という自己実現の実感がボランティアの方々の心に残るとしても、利益とはまったく無縁な行動である。利益を目的としないという意味で、それは筆者の定義では「無駄なこと」になるのだが、むろんこれをそのまま肯定する人はいないだろう。だからこそ、「無駄」という言葉の新しい解釈につながることを期待して、こうした活動を「無駄なこと」の典型的な例として発信したい。「無駄」こそが、脱資本主義と地球環境の再生を目指す人類にとって重要なキーワードになると考えるからだ。

さて、ボランティアの方々が去った後も、公益法人・NPO法人などの非営利団体が被災地支援の様々な場面で活躍する。これは、しばしば、行政の画一的な仕事を遥かに超えて、被災者のための具体的サポートとなる。

こうした長期的な公益活動もまったく利益を生むものではなく、その一方で日々の被災者とのコミュニケーションには計り知れない緊張感と重圧がある。相手の立場を考え、相手のために自らがそこにいる、ということを意識し続けなければならないからである。公益活動の日々は挫折の連続であり、達成感などほとんどない。だからこそ、「無駄なことをする」ことを前向きな活動として捉えなければならない。

「上手くいかないから、やめる」という思考は、公益活動においては自分本位で非常に危険なのである。「上手くいかなくても、やる」という忍耐力、そしてそのための前向きな理念としての「無駄なことをする」という言葉を、いかに肯定的なものに変えていけるかが、定常型（トントン）社会での公益活動においては最重要なことである。

価値と合理化

資本主義の発達は、必要なモノを作りそれを売るという「使用価値」を前提とした社会を、売れるモノをできるだけ安価にたくさん作るという「販売価値」を絶対視する社会へと変えてしまった。

人々は必要なモノを作るのではなく、利益という価値をもたらすモノを作ることに振り回され、支配されるようになってしまったのである。マルクスは、これを物象化と言っている。つまり、150年前に資本主義の矛盾がはっきり指摘されていたにも関わらず、人々は今もこの資本主義の歯車から抜け出せずに労働の自律性も失ったままだ。

例えば日本では、専売公社や国鉄、電電公社、近くは郵政が民営化された。民営化され

たことでそれぞれの会社は巨額の利益を計上するようになり、民営化は成功の如く言われているが、本当にそうだろうか。専売公社はＪＴという民間企業になったが相変わらず事業を独占し、国鉄から変わったＪＲは儲からない路線を凄まじい勢いで廃線し地域の足を奪った。更にＪＲは、駅構内や駅ビルの売場も自らのグループで独占してしまった。トラブル続きの日本郵政もまたしかりで、独占企業の弊害を如実に示している。

公営時代も労働組合のストライキを始め社会問題とされることはあったが、少なくとも利益最優先という資本主義の論理に対しては、国が直轄していることで一定の歯止めがあった。民営化したことで、これらの巨大企業が公共財を自動的に独占してしまい、すべての人が「使用価値」として当然に使えた様々な権利が失われてしまった。そして、これらの方針を進める基本的考え方は合理性であった。国が行ってきた事業の無駄を見直し、採算の取れるものにしていこうという謳い文句に、国民はまんまと騙されてしまったのである。

ここで指摘されていた無駄遣いとは、目先の利益にかかわらずに公共財を公平に国民に享受させることに他ならず、民営化によりこれら国民全体の富は一部の民間法人に吸い取られてしまったのである。こうした現象は、行政が民間に公共施設の運営を委ねる指定管理というシステムにも引継がれ広く蔓延している。最もコストの低い民間企業に公的事業を丸投げし、任された企業は利益を上げるために様々なサービスをどんどん切り捨てる。雇用する従業員も非正規ばかりで徹底的に福利厚生費用を削り、採算が合わなければ即座に解雇する。

見せかけの合理性は、大切な無駄な支出を切り捨てていくことに他ならないのである。

働く人の心

今の労働者は、昔の労働者とは立ち位置が根本的に違う。『広辞苑』では、労働とは「骨おりはたらくこと。」という単純な意味の他、「人間が自然に働きかけて生活手段や生産手段をつくり出す活動。労働力の具体的発現。」というマルクス的な思考も記されている。労働者については、「労働をしてその賃金で生活をする者」とともに、「労働力を資本家に提供し、その対価として賃金を得て生活する者。肉体労働をなす者に限らず、事務員などをも含む。」とある。

次に、奴隷についても見ておきたい。「人間としての権利・自由を認められず、他人の支配の下にさまざまな労務に服し、かつ売買・譲渡の目的とされる人。」とある。誰かの指示の下労働をするという点では、労働者と奴隷には共通点がある。

昔の労働者は、売買・譲渡の対象になることはなかったとしても、かなり奴隷に近い境遇であった。民主主義の発展とともに労働者は多くの権利を勝ち取り、雇用者に対する権利は強力になった。日本では労働者という言葉は使われなくなり、サラリーマン・フリーターなど自己の意思で仕事を選択できることを示す言葉が使われるようになった。これに

よって、合理的思考が労働者の側に一気に芽生えていったのである。

昔は、資本家の指示の下、労働者は言われたとおりの作業をするだけで良く、自身が余計な判断をする必要はあまりなかった。結果的に、労働環境の良し悪しは、資本家の能力や見識次第の運任せであったが、働くこと以外については自律的に考えることは不要であった。ところが、今の労働者は、自らが所属する組織や仕事を自由に選択でき、仕事を続けるも辞めるも自分で決めることができる。つまり、合理的選択をすることを、常に自分の中で課されている。

これは、「骨おりはたらく」という労働のシンプル過ぎる基本に立ち戻れば、かなり危険な状況にある。楽しくない仕事は、自己の選択ですぐに辞めてしまうことも急増する。一方、精神的に繊細な人は、自分で選んだ仕事なのだからまっとうしようと、過剰労働を自ら買って出てしまう。もちろん、本人は喜んでやるわけではないのだが、自分が選んだ環境の中では、自分がやらなければ許されないという思考に陥ってしまう。本来の労働の意味するところとは、かけ離れた労働を行う方向にいってしまうのである。

そもそも、労働とは人が自然に働きかけること、つまり自然の中で自らが生きていくための活動であるわけだが、資本主義の発展とともに、いかに利益を生むかだけを考える資本家の目的を達成するための歯車となってしまった。資本は、際限ない利益を得るために労働を無限に求め、サラリーマンは自ら進んでその渦中に入り、しかも自分の合理的判断で際限ない労働を受け入れるようになってしまった。

一方で、資本主義の枠内から逃れようとする人々は、こだわりなく労働を放棄するようになってしまった。

いずれの場合も、人と人とのコミュニケーションを土台とした労働と自然が共存する風景はまったく無くなってしまっている。多くのサラリーマンが自らの労働力を、合理的思考の下に無意識の内に商品としてしまっているこの構図は、まさに仕事の奴隷、いや生身の自分を客観的に商品として売買する奴隷以上に深刻な状況と言えるのかもしれない。

資本主義の中の合理的な思考が、人々を様々な形で不幸に陥らせるようなバイアスをかけ続けている状況である。ここで考えていかなければならないのは、事業に関わるすべてのステークホルダー（利害関係者）の総意で、思いやりをもった労働環境を構築することである。それは、利益最優先の思考から脱却し、持続可能な社会の一員として自然環境を常に意識した働き方を目指していくことである。そこでは、合理的思考は不要である。人のことを考え、自然を大切にし、そのためには無駄な時間を一生懸命費やしていく。

皆が無駄なことを進んで担う優しさから、良い労働が生まれていくのである。すべてに対して優先するのは、思いやりなのであり、企業はそうした経営環境をつくることで存続していくことができるのである。

お金の使い方と無駄

お金は大切にしなければならない。――これは、人に与えられた宿命である。お金はあらゆるモノと交換できるので、お金そのものの無機質な存在感とは対極にある豊かな価値

を生み出す魔法の杖とされている。だから、無駄遣いは常に戒められる。

この絶対的真理の岩盤を壊す勇気はないが、お金の持つ性質に起因した合理的思考はしばしば人々のコミュニケーションに障害をもたらすことは意識しておきたい。一言でいえば、合理的な発想の下自分のために必要なものには気兼ねなく支出しても、人のために使うことは無駄遣いであるという意識に強烈に支配され徹底的に抑制してしまうことは古今を問わず変わらない。この考えを称して、吝嗇、いわゆるケチと呼ぶのである。

これは、個人の間での交誼に限らず、事業を行う組織においても、例えば、社長は高級車を乗り回し食通の集うレストランで美食をするが、従業員の給料のアップには極めて厳格である、

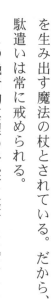

というような事例は枚挙にいとまがない。当人は、合理的な思考の下、支払う給料は無駄遣いだと明確に判断しているので、この自分本位の思考から脱却することは非常に難しく、よほど強烈な意識の革命が起きない限り変わらないだろう。つまり、人に対してお金を使うことは基本的に無駄遣いだと思い込んでいるのであり、お金を無駄遣いしてはいけないという呪いが深く根を張っているのである。

敢えて、「お金がすべてである」という思考について改めて問うてみたい。多くの人がこの命題を簡単に否定し、お金などには支配されないとして、拝金主義と自身の生き方とは別次元のことと考えているだろう。しかし、その一方で、お金の無駄遣いという概念は肯定していないのである。本書では、誰かのために使うお金、あるいは誰かのための無償労働については、お金とは無縁のモノとして、無駄なことであって良いのだという思考を持ってみたい。

自己満足でなく、非合理的な思想で、自分のお金と自分の労働を、社会のため、誰かの幸せのために使うことを積極的に意識してみることも人生において一つの隠し味になるのではないだろうか。「金は天下の回り物」という言葉も、人の世のお金の在り様、お金に振り回されず無駄に使うことができる人のあるべき見識を説いた格言と思いたい。

商品価値と合理性

戦後、主婦の店ダイエーによる価格破壊に始まった生活用品の価格競争は、百貨店での値下げの常態化、電気量販店でのいつでも安売りへと拡大していった。ネット通販の台頭で、消費者は確実に良いものをより安く求めるという合理的思考を信念のように植えつけられ、同じ商品を他より高く売っている事業者は悪である、というような見方さえ生じてきた。

市場原理主義は、明らかに一般消費者の心理を同一の方向に導いてしまったのである。ところが、文化というものは常に変化していくもので、それに反発する人々は新たな思考を持ち始めた。

食品であれば、体に良い有機農法・無添加物を、雑貨であれば大量生産でなく職人が一つ一つ手作りでこしらえたものを、住宅ならば南の国から伐採されてきたラワン材でなく日本の伝統的植林によって育てられた杉や檜を、というように、自らの文化観を前提にしたこだわりの商品を求める人が増えてきている。

当然、価格は金額の合理性を優先した商品よりも割高になる。つまり、貨幣価値を重ん

じるという画一的価値観から、自分でモノを選ぶという使用価値観に変わっていく人が増えているのである。マルクスが唱えた経済理論が甦ってきたと言えなくもない。もちろん、商品によってそれぞれの文化観はクロスオーバー（交錯）し、一人の人が両方の考えを持つことも少なくないわけだが、価格にこだわらない消費をすることが一つの潮流になったことは確かであり、これは作り手・売り手と消費者が深くつながるという意味で大きな進歩である。

消費者が、商品を作った人や作られた環境に思いをいたしているということであり、自らの利益だけを求める経済合理性を優先する思考から、作った相手や作られた環境のことを思いやり、無駄な行為を積極的に選択する文化観へと変化してきていることを示している。

作る側も消費する側も、相手のことを一生懸命に考え、商品を通じて信頼関係を作っていく。それは、持続可能な社会に求められる大きな絆とも言えるだろう。

合理性という思考からの脱却

人は行動するにあたり、合理性をもって動くべきであると無意識に考えている。少なくとも、非合理な行動を目指すという人はほとんどいないだろう。何故かといえば、それが自身が幸せになるための当然の道と考えるからである。

幸せを得ること、幸せであり続けることが人生最大の目標である、ということに異論のある人はいないであろう。そして、そのための合理的判断は、無駄なことをしないという思考に直感的に結びつく。無駄、即ち、益の無いことに時間を使って取り組むことには合理性がなく、ひいては幸せになる道から遠ざかる、と考えるからである。

ところが、この思考には重大な錯覚がある。日常、相手とコミュニケーションをとる中で、一見自分にとっては合理性を感じなくても、行わなければならないと思うことはたくさんある。それは、相手のためにこちらが尽くしてあげる行為である。尽くしてあげることによって経済的利益が得られると約束されていれば合理的思考にかなうことになるのだが、そうではない場合、つまり無償の行為である場合には、たちまち行動に移すことができなくなるもの

である。プライベートな場面で人は相手に対して無償の行為をして良いものかどうかを、無意識に自分本位な合理性の基準で検証する。自分のための感覚的な合理性を重視してしまうのである。感覚的合理性は、しばしば相手への思いやりが欠けた形で進んでいく。

一方、相手との将来に向かっての人間関係を見据えれば、相手のための行動を積極的にとることは必要なことだと考える。その思考は、理論的合理性とも言えるだろう。結果的に理論的合理性に基づく行動によって、相手がこちらへの信頼感を増幅させることも多い。

人とのコミュニケーションの中で、この理論的合理性を持つことができれば、その人との関係が良好になっていく可能性は高いだろう。しかし、本当の意味で長く良好なコミュニケーションとなるのは、こうした理論的合理性をも超えて相手のために積極的に何かをしてあげられる心、すなわち、自分にとっては無駄なことだが相手のためにする、という思考が自然に湧きあがった時だ。これこそ、確固たる人間関係を構築するために最も重要である。これができる人は、無駄なことをしているという意識のないままに、相手のことを考えた行動をするようになる。これが思いやりであり、常に思いやりを持つことができる人は、その人生においても結果的に幸せな人なのではないだろうか。

幸せになるために合理性を目指すことの錯覚とは、自分本位の合理的思考だけを組み立ててしまうことなのである。

そして、コミュニケーションの中核に道徳がある。「道徳とは、計算を超えた何か、人間相互の適切な扱いに関わる何かである」とマイケル・サンデル氏は言っている。道徳とは、まさに相手への思いやりの心で、合理性を排除して無駄なことをすることなのではないだろうか。

ゼロサムと無駄

ゼロサムとは、一方が得をすると他方は損をするということで、合わせて0になるという意味である。直訳すれば、合計0である。つまり、自分の得は相手の損、相手の得は自分の損というわけで、両方の立場を一つに合わせて全体で見るという考え方とも言える。古くは丁半博打の在りようであり、現代では株価が上がって儲かる人がいれば、必ず下がって損をする人がいる株の売買などが、その典型事例である。

自分が得をするようにだけ行動することを当然の生き方と考えると、その人にとっての

合理性は、相手の立場を無視するという考え方にそのままつながっていく。そして、相手のために何かをしてあげることは自分の損に直結するので、しなくなる。

このように、ゼロサム思考の生き方は、思いやりを持つことを禁じるようになってしまう可能性が高い。一方、相手のために無駄をすることを良しとする思考は、益のないことを一生懸命するという点で、ゼロサム思考を超越する。つまり、無駄なことをすることは得か損かの判断とは無縁であり、相手のことを思いやるという一途な思いのみが優先されるのである。

無駄なことをすることで、結果的に自分は得をするかもしれないし、損をするかもしれない。結果を合理的に推し量って動くわけではないからである。ただし長い目で見ると、自分には益のない無駄なことをしたことで相手にとってはプラスとなったことが、巡り巡って自分にも付加価値を与えてくれることは少なくない。つまり、相手の得は自分の得という「万良《よろず》し」のハッピーな事態が起こりうるのである。まさに、無駄とゼロサムはまったく相容れない概念ということができる。

無駄と雑の違いとは

無駄なことと雑なことは似ているが、前者は「益のないこと」、後者は「あらくて念入りでないこと」などと定義されている。無駄なこととは、一生懸命行ったのだが結果として益がなかったことである。つまり、多くの場合、無駄なことは丁寧に行われているのである。ここに、無駄と雑の決定的な違いがある。

一期一会について、考えてみたい。この言葉は茶会の心得であり、生涯ただ一度まみえることを言い、その出会いに最大限集中すべきであるという教えである。一期一会は、まさに出会う当人同士が自らのすべてをかけて丁寧に相手と向き合うことであり、その多くは無駄なことなのかもしれない。しかし、その心はお互いを尊重し合うかけがえのないものなのである。一生懸命無駄なことをすればするだけ、相手にはそれが伝わり、こちらへの特別な意識が働く。こちらの思いやりが、伝わるのである。この時、「雑」は出る幕がない。むしろ、最も否定すべき概念といえよう。無駄とは、人と人とのコミュニケーションにおいて必須の心得なのである。

ホスピタリティは合理性を嫌う

かなり前からホスピタリティという言葉は、サービス業に携わる人々には不可欠なものとして広く伝えられている。一言で言えば、顧客に対する思いやりであり、仕事だからとか、お金をもらっているからといったビジネスを前提にした思想でなく、人間として当然に行うべきものであるという考え方である。

ホスピタリティ溢れる接客がなされている企業は結果的に事業においても成功するとい

う考えが成立しており、事業の成功モデルとも言われるのだが、成功するためにホスピタリティを働かせなさいという順番ではない。ホスピタリティは顧客が当然望むものであるとともに、職場環境の向上に不可欠なものなので従業員も大歓迎すべきである、という理念なのである。

ホスピタリティは、表面的な平和の中で社会不安が広がっている今の日本においては、一層重要な理念として位置づけられる。人と人とのコミュニケーションの中で必ず機能するものなので、人間関係が疎遠となっている今、限られたコミュニケーションのチャンスにホスピタリティが機能すれば一層の効果があるはずだ。

一例として、デパートについて考察して

みる。急速に淘汰が進む地方百貨店においては、このホスピタリティを経営理念として明確に位置づけることが再生の近道である。顧客に対するホスピタリティが実践されれば、顧客は必ず店に強い信頼感を持ち固定客になっていく。地域という限られたエリアの中で来店した顧客へのホスピタリティを徹底し、固定客を増やしていくという図式は、大都市のデパートでそれを行うよりも、遥かに高い確率で成果を生むはずである。

その際、従業員への教育は不可欠だが、「これをやりなさい」と具体的に義務づけるのではなく、従業員が自らの思いで、積極的・自発的に行動を起こすことがホスピタリティの基本である。経営者はデパート全体の環境整備、特に従業員の待遇に配慮することが優先して求められる。つまり、自分たちにもホスピタリティが与えられているという実感の中から、従業員自身が積極的にホスピタリティの発信を活性化させるようになるわけだ。

売り場従業員の削減、テナント店舗の誘致、外商部の縮小、インターネット販売への移行、等々、ホスピタリティと対極にある嫌いのある合理化を旨としてきたデパートが、対顧客戦略に於いてはっきり舵を切れば、短時間でデパートは大きく変身するはずである。

無関心と無駄

フランスの大統領を務めたミッテラン氏が大衆への呼び掛けで、こんなことを言っていたようである。

「大切なのは勇気ではなく、無関心でないこと」

マザーテレサは「愛の反対は憎しみではなく無関心だ」とも言っている。無関心の意味を紐解くと、「そのことに関心がないこと。気にもかけないこと。」とある。この解釈だけを見ると、別にそれほど悪いこととは思えない。表面的には悪くないことの方が、実は深刻なこともある。ここでは、「気にもかけない」というのが、心の暗さを秘めた考えとなってくる。人と人とのコミュニケーションにおいて、相手のことを気にもかけないということは、最も危険なことと思われるからだ。

筆者の解釈では、なぜ気にもかけないのかというと、自分にとって利益がないことだと判断したからに他ならない。人々の行動にこうした弊害が生まれてきたのは資本主義にしろ、社会主義にしろ、生産性のない活動を否定してきたツケと言わねばなるまい。人々の営みの中に、合理主義的思考が深く根を張ってしまっているのである。

無関心をいかに変えていけるかは、人の心の中に巣くった利益優先の概念を辛抱強く解消していくことができるかどうかにかかっている。無駄だと思っていることを意識して行う勇気が、日々のコミュニケーションの中で問われるのである。その意味で言うと、ミッテラン氏の言葉は「勇気をもって、関心を持つことが大切」ということになるのだろう。

大事なのは、相手と言葉を上手に交わすかどうかということではない。相手の立場を誠実に意識して、それに対する自分の行動を合理的思考に捉われずに行っていくということである。相手の立場を尊重し敢えて何もしない、ということもあるだろうし、過剰なくらい関わるということも少なくないだろう。

自分にとっては無駄なことを相手のために進

んでやるというその思想からは、無関心とは対極にある言葉「思いやり」が、くっきりと浮かんでくるのである。

良い人生は無駄なことばかり

「人生に無駄なことはない」という広く知れわたった格言がある。人が生きてきた中で行ったこと、携わったことで無駄なことなどない。失敗もまたしかりである。むろん、集中せずに漠然とやっていることとは別な話であり、あくまで取り組むべきこと、関わったことに対して全力で臨むという心構えを踏まえての話である。

ここで言う「無駄なことはない」とは、常識では無駄と思われていることでも、一つ一つ意味があるという意であろう。この格言は、物事に取り組む前の心構えを表わしている。どんなことでも無駄にはならないので、「やるからには一生懸命に取り組みなさい」「その一瞬に余計なことを考えず集中しなさい」との教えである。そして、特に人と向き合う際には、一期一会の覚悟で臨まなければならないということを伝えているのである。

ところで、無駄なことという判断は、どんな状況で生まれるのだろうか。あることを行うことで自分に利益があるのかどうか、という合理的思考を持つことに起因すると言えよう。それは人間の性でもあり、資本主義社会に浸りきって個人主義を掲げることに疑いがない日本社会においての必然とも言える。

この楔を除去するには、無駄なことではないだろうかという思わくで臨むのではなく、無駄だからこそやるのだという理念で行動していくことが必要であり、それが人生を豊かにする意識改革になるだろう。

無駄だと思って一生懸命やった結果、予想どおり利益が上がらなかったり、自身の思わくと異なった結果となったとしても、「人生に無駄なことはない」という格言に戻って、満足すれば良いのである。誰かのためを思って行った無駄な行動は、いずれかの時にそれが正しい行動であったと必ず気がつくはずである。

そもそも、科学的に考えれば人生はすべて空想・想像の中で構成されているとも言えよう。つまり、無駄でないことなど一つもないのかもしれない。余計なことを考えず、今やることに全力を投入していくことが、私たちの使命とも言えるのではないだろうか。

武士は食わねど高楊枝

合理的に考えるという観点からは、人は自分にとって益があることは行い、益がなければ行動を起こさないということになるのだが、「無駄なことをする」ことを別の角度の概念として捉えてみたい。「合理的なことをしない」ということも無駄の体現の一つである、という見方である。

「武士は食わねど高楊枝」という有名な言葉がある。高楊枝は、食後の満腹の有様を示した一つの象徴である。食べる物もなく、ひもじくとも、しっかり食べたかのように装うということであり、武士の衿持を示している。むろん、ただのやせ我慢に過ぎないのであるが、武士の生き方・美徳を強烈に印象づける言葉として今も生きている。

この言葉は、まったく合理性のないことを生真面目にしているというところにこそ真骨頂がある。こうした行為には滑稽ぶりも感じられるが、そこに人間味ある生き方として共感させられる魅力もある。そうした姿を見た人の心の中には、一生懸命無駄なことをしている武士の残像と、誰かのために自我を殺しているその無私の姿勢が強烈に染み込んでくるからである。

「私はいいから、食べなさい。」といえば、相手は、自分のために気を遣っていると感じ、遠慮をしてしまう。「自分は食べなくてもいい」のではなく、積極的に「食べたくない」と振る舞うことで相手に気兼ねをさせないようにするのである。こうした武士の生き方には、今の言葉で言うホスピタリティが心の内に用意されていたようである。そもそも武士とは、無駄なことを積み重ねていくことこそを美学としてきたのではないだろうか。

江戸時代の昔から、無駄なことを真剣に行ってきた日本人の魂に、強い衝撃を感じずにはいられない。

電車内の風景 ――ストレスが生まれる時

電車に乗って気がつくのは、扉のすぐ前に立っている人が多いことである。自分が下車する際にすぐ降りられるという合理的思考からは当り前のポジションなのだろうが、下車しない駅で扉が開閉しても突っ立ったままでは乗降客は大いに迷惑する。

特に最近は、リュックを背負ったり携帯電話をいじっていたりするものだから、その人の個体体積は一層広がり、降り口を更に狭くしてしまう。ところが、当人はそのことにほとんど関心がない様子である。一旦降りるとか、横にズレるといった配慮はあまりない。

これは、自分にとっては無駄であっても相手のことを考え行動するべき典型的なケースであるが、残念ながら出来の良くない状況になることが多い。そもそも扉の前に立っていることで既にトラブルの種を蒔いているわけで、人が降りる時は一定の配慮をすることが当然である。せめて人に迷惑をかけないという配慮ができないのかと思うのだが、当人は自身の合理性を基準に迷惑になるレベルかどうかを無意識に判断し、「大したことはないだろう」と思うのだろう。しかし、もし短気な人がいたら、争いになる危険がないとは言えない。

一方、座っている人にも同様の傾向がある。電車が到着し、下車客が終って、新たな乗客が乗り込んでくるタイミングで席を立ち悠然と降りる人がいる。これも自身の合理性だけで降りるタイミングを決めているのであろうが、自身の行動が周りの人に多くのストレスを与えているということ、つまり、相手への思いやりに欠ける行動をしているという思考は働かないのであろう。

自分にとっては無駄だと思うことを当り前に行うことができる社会になれば、こうしたことは必ず解決する。私たちは、合理的発想の根元となる目先の利益というやっかいな概念を封印することで、ストレスのない社会の一員となることができるのである。

野球は無駄とともにあり

野球は、二つのチームが攻撃する側と守る側を交互に行なう。レギュラーの9人全員がグラウンドに揃うのは守備の時である。打者に向かってボールを投げる投手以外の8人は、投手が投げる時、自分のところに打球が飛んでくることに備えて捕球態勢をとる。

体の重心を下げて、すぐ動けるように踵を上げて、飛んで来るボールを待つ態勢を作る。バッターがボールを打たなければ必ず捕球することになる捕手にとっては確率の高い合理的な準備となるのだが、自分の守備範囲に打球が来る確率はショート、サード、セカンド、ファースト、外野手へと下がっていく。

1試合で30回〜40回の守備機会があるとして、3人の外野手のどこかに打球が飛んでくるのはせいぜい4、5回である。それ以外の80％〜90％は無駄な準備となってしまうのだが、たとえそうだとしても自分の守備範囲にボールが来る可能性に備えなければならない。

中でも最も無駄な行為はライトの選手が行う一塁手のカバーである。打球が飛んで来た直接の守備ではなく、内野ゴロが一塁に送球される際に暴投になる可能性に備えて、毎回ライトの守備位置から一塁の後方に向かって駆けていくのである。このカバーは、内野ゴロの度に行なうので、1試合で必ず10回程度はある。そして、それが役に立つことは、ほぼ無い（もちろん、役に立たないことが、チームにとっては良いのである）。

しかし、このカバーがあることで、万一送球が逸れてもランナーを進塁させずに一塁に止めることが出来る、というささやかな成果があるのである。もし、このカバーを怠れば、送球が逸れなかったとしてもライトの選手は監督から厳しく叱責される。無駄な努力を徹底して求められるのである。

このように、打者への備えとバックアップは野球の守備側のルーチンとして常に求められる活動である。そこに、野球はチームプレーであると言われる由縁がある。常に自分のプレーはチームのためにあるという意識を持ち続けることが宿命なのである。無駄は当り前、というのが野球の真髄かもしれない。それはまさに、思いやりの心である。

学校教育と無駄

学校教育は社会的共通資本である、という考え方がある。学校は、先祖が残した無形遺

産をできるだけ吸収して次世代に残していく場であり、その目的は利益を得るという概念とは相容れない。
福沢諭吉は、人間は生れながらにして各々が素晴しい能力をもっているのだから、それを自由に育てるのが教育で、決して競争や試験をすべきでない、と言っている。戦後日本で、いかに学力を高めて良い大学に合格し、更に大学で高い評価を得、高額の収入を得る（より高い利益を得る）ことができる職業に就くか、という一本の道が作られたこととは、明らかに矛盾している。
外国のある経済学者は、人間はモノづくりに対する本能的な熱意をもっていて、モノをつくる時に強制されたり、それによって儲けようと考えたりはしないとし、大学とはそれを昇華させていく場であると言っている。

つまり、本能的に知識を得ようと研鑽する活動は、儲けを得るという合理的活動とはまったく異なるわけである。人間がモノをつくることは当然の活動であるという認識からかけ離れてしまった今の資本主義社会の在り様をみると、至言といえよう。利益を得ることを目的とせず、本能的に精力を傾けるという活動は、「無駄なこと」の定義である「益のないことをすること」とその立ち位置は近い。

戦後、日本の教育は資本主義の洗礼を受け、学ぶために行くのではなく利益を得るために行く、と目的を変えさせられてしまったようである。今こそ収益活動を前提とする資本主義の思考から脱し、学校教育を社会的共通資本として見直す時であろう。

無駄遣いの呪い

無駄なことと無駄遣いの違いについて語りたい。

無駄遣いとは、無駄という抽象的概念を貨幣価値で具体化したものである。但し、無駄なことも無駄遣いもいずれも主観的なものであり、客観的に見て有意義かどうかを断定するのは難しい。無駄なことをするということは、その行為をした人が自己をニュートラルな思考の下に置いて何かをしただけであり、ある意味で自然体であるが、無駄遣いには基本的にその人が行なったことを良くないこと、悪いことだと断定する響きがある。

無駄遣いは無駄なことを考える上で資本主義的思考を取り入れた概念であるとも言える。無駄遣いは生じた損失を貨幣的尺度で結論づけた表現であり、その行為をしている本人以外の人が評価している面が強い。無駄なことであっても、当事者はそれを有意義だと捉えていることはいくらでもある。つまり、当事者はその行為について貨幣換算での評価をしていないのである。

例えば、30万円の高級スーツを買った時、本人は着心地や良い物を得たという満足感や長く愛用していこうという決意で無駄遣いをしたなどとは全く感じていないが、多くの人はただ着るだけのモノにそんなにお金をかけるのは無駄遣いだと感じることだろう。無駄遣いとはこのように普遍性のない概念であり、本書で言っている無駄なことと同列に考えることは難しい。誕生日のプレゼントに現金をもらうのか、相手が選んでくれた心のこもった品物をもらうのか、ということについて考えてみよう。

一般的に、他人から品物をもらった時感じる経済的価値は、現金をもらう場合と比べると何割か低下するようである。つまり、品物を贈ることは現金をプレゼントすることに比べると目減りしたお金と浪費した時間という無駄遣いをしてしまったことになる。しかし、こうした資本主義的発想はほとんどの人には受け入れられないものであり、相手が思いやりと温もりを込めて時間をかけて選んでくれたと感じられる品物に数字では評価できない価値を見いだすのである。こうしたコミュニケーションの妙こそ、無駄遣いという概念では測ることの出来ない無駄の面目躍如と言えよう。

つまり、無駄遣いとは経済的利益の有無を前提に判断を行なう資本主義の発想であり、結果的に無駄遣いという概念によって多くの無駄なことが否定されている。無駄なことを根付かせるためには、いかに無駄なことと無駄遣いとを切り離して考えていくかが急所となる。

人類の進化と合理性の矛盾

人類はこの数百年で、その歴史において桁違いとも言うべき勢いで、急速に進化した。医療の進歩による長命化、技術の進歩による生活の快適さなど、表面的にはすべての面で年々豊かになっているという実感がある。しかし、本当に幸せになっているかどうかという点では、まったく疑問を持たないという人は少ないのではないだろうか。

最近、家の中の機器、パソコン・電話機・インターフォン・給湯器など、相次いで老朽化したり故障したりして交換をすることになったが、新しいものが前より使いにくかったり、他の機器とのバランスで不具合が生じたり、むしろ不便になってしまったものも多い。一つ一つの機械はメーカーの側ではより良いもの、機能の改善を達成しているのだろうが、それ以上に使う人との相性や使う環境における適合性などの面で上手く機能していないのである。パソコンなどテクノロジーの進歩に多くの人がついていけなくなっているのも同じ観点から言えることである。

これは、モノを作ることに対する企業の意識が、合理性を優先する方針から抜け出せていないからだという気がする。無駄なところがないように徹底し過ぎた結果、商品が示すべきもっと大きな役割、すなわち使用価値を衰えさせてしまったのではないだろうか。むしろ、適当に無駄があるからこそ、本当に大切な機能が活かされることも多いように思うのである。

さて、こうした身近な点をもって

人類の進化を論じるのは些か恐縮ではあるが、やはり進化のスピードを上げることを最優先したことで、残しておきたい無駄なことが切り捨てられてきたことは間違いないと思う。また、この進化は、具体的に生態系の急変を招き、絶滅する種も少なくないという現実を引き起こしている。絶滅する生物が「時代についていけないから」と、合理的に切り捨てられることは良いとは思えない。私たちの目には地球にまったく貢献していないと映る生物であっても、無駄なモノであるという点で、すでに存在することの意義は十分にある。

少なくとも、「進化することが幸せなことである」という証が示されていない以上、失われていくものに対しての思いやりと危機感は、相当な覚悟で持ち続けていくべきだろう。

寄付は無駄の鑑

日本には寄付文化がまったく育っていない。誰かのために何かをするのは、行政の役割であるという戦後の民主主義の悪弊が染みわたってしまっている。

巨額の寄付が社会のためにしばしば投じられている欧米をみると、日本の現状に寂しさを感じる人は決して少なくないだろう。日本でも江戸時代の新田開発や河川修理などは地域の有力者が生涯をかけて行った。また、明治・大正時代までは、地方の資産家が社会インフラの整備に私財を投じるということも少なくなかったのだが、そうした資産家もいなくなってしまったということだろうか。

そもそも、寄付は自らへの見返りを求めない無償の行為である。つまり、自分にとって益のない行為、「無駄なこと」である。そして、自分ではない誰かのための行為である。だからこそ掛け値なく大切なことである。

どこかに寄付をしようとする際「相手は本当に困っているのか」そして、「その寄付はそれを求めている人にちゃんと届くのか」あるいは「預託した組織の経費に充当されてしまわないか」などと心の中で様々な反芻がなされ、やはり止めておこうという結論になる。また、「振込先が分からない」「手数料がかかる」そして「時間がない」など次々と障害が生じ実行に至らないことも多い。寄付を求める側もそうしたことを予見して、自動振替などスムーズに寄付に至るように工夫をするのだが、そもそも寄付は合理的に行うものではないので、自動方式は馴染まないようである。

寄付とは、自分の心の中でその決断をし実行する、勇気ある孤独な作業なのである。モノを買ったり、店で食事をしたりといった日常的な自然な営みではない。だから、なぜ寄付をすることに重要な意義があるのかを、子供の時から教育することが不可欠なのである。寄付が納税と決定的に違うのは、義務でなく自由意思で行うところである。そして、寄付文化を育てることでしか解決できない、つまり税金では対応しきれない社会問題が日本では加速度的に増加している。

日本社会の寄付に対する意識を抜本的に変えなければならない。その際の視点として「寄付は無駄な行為」だからこそ、自らの合理性を排除して、思いやりをもって進んでしましょうと繰り返し心の中で唱えてほしいのである。

再生可能エネルギーは無駄の思想で

東日本大震災を契機に、日本でも再生可能エネルギーの活用が強く叫ばれるようになった。世界では、日本よりよほど早くから資本主義社会のシステムによる環境破壊のリスクが真剣に議論されており、ドイツなどは食料自給率100%の農業文化をもつ一方で、農地などに太陽光や風力発電の大規模な設備が配置され、脱炭素への取り組みが進んでいる。

ドイツは歴史的文化を尊重し、新しい文明を必ずしも無差別に導入しないようだ。原子力発電撤廃の発想も、むやみに開発発展を目指す資本主義的思考からはっきりと舵を切った現れだろう。

日本では戦後、幸福追求思想が資本主義の論理の上で加速し、少しでも便利なモノ、効率的なモノを追求し続けてきた。戦時中の窮乏生活と神国という非合理思想への反動だったのかもしれない。日本人は、その最も身近な判断基準として合理性を徹底していった。

しかし今、日本も古来の歴史文化を見つめ直し、今ある状態で満足する定常型（トントン）社会を目指す思考を取り入れることを考え始めた。非常に大切な変化である。生活の中で、ある程度の不備を容認するとともに、むやみに貯蓄に走らず自分にとっては無駄な支出も進んで行い、お互いが一つの場（地域）の中で助け合って暮らしていく共同体の一員である、とする思考である。それは、個々が常に地球環境に対して配慮をしていくことにもつながる、世界的視野に立った地に足の着いた思考である。

自らを取り巻く環境を自分たちでしっかり守っていくという意識が繋がってこそ、再生可能エネルギーへの移行も急速に進むことになるはずである。その実践によって、合理性を脱して自然体で無駄なことをするとともに、無駄なモノを取り入れる、という思想への変革が進むことだろう。

第2章

思いやりは無駄で溢れている37の物語

待ち合わせ

携帯電話が普及したことで、最も便利になったことの一つが待ち合わせである。待ち合わせをして会えなくても、すぐにお互いの位置確認ができる。携帯電話をかけながらの誘導も頻繁にされるようになった。

待ち合わせ時間に間に合わなくても、連絡を入れれば不安感の解消になる。つまり、非常に合理的に時間調整ができるのである。待ちぼうけや勘違いによるトラブルは、ほとんどなくなった。

携帯電話のない頃は、恋人同士が待ち合わせをして、どちらかがすっぽかして相手から文句を言われるということもたくさんあっただろう。待ち合わせの場所を間違えたり、何かの用事ができて間に合わなくなったり、それでもとにかく1時間遅れでようやく待ち合

わせ場所に着いたら、果して恋人が待っていてくれた場合、どう感じただろう。無駄な時間をつかわせてしまって申し訳なかったと思いつつ、それ以上に自分を待っていてくれたことに感激するだろう。無駄になってしまった相手の1時間は、自分に対する思いやりそのものだからである。

その後の二人の仲は、おそらく一段と深まっていくのではないだろうか。そう考えると、今の時代はそうした感激のチャンスを奪われてしまったともいえる。無駄なことは、それを全力で行うことで、しばしば感動を生む。男女の出会いや恋愛は、合理性とは最も無縁な営みである。

客室乗務員の無駄な日々

あるモノが手元になくて、それを探すことはよくある。昔、よく言われたことだが、スチュワーデスが乗客から、「A（例えば、単3の電池だとしよう）はない？」と尋ねられる。スチュワーデスは自身の記憶あるいは常識で、絶対ないと分かっていても、備品置き場に戻り、在庫の確認をする。そして、改めて乗客にAはないということを詫びる。こうしたやりとりは、スチュワーデスが無駄だと主観的には思っていることも、顧客のことを思いやってわざわざ行うのである。

結果的に本当にあったということも皆無ではないだろうし、予想通りなかったとしても顧客はスチュワーデスの努力に対して納得をするわけである。もし、その場の問答で「ありません」とピシャッと言われてしまえば、「もしかした

ら、あるかもしれないのに」との思いとともに相手の思いやりの無さを強く印象に残してしまうことになる。ものを主観的に考え過ぎると、自己の合理性が優先し、相手の思いが見えなくなってしまうことは少なくない。これも一期一会の心得であろう。

人は、自分の願いに対して合理的な発想がなされると、あまり嬉しくない。さて、最近の客室乗務員はこうした場面で、どのように行動しているのであろうか。

環境保護には無駄が不可欠

無駄とされていたことが無駄でなくなるということもある。現在、その最も顕著な例は、人々の自然環境に対する考え方である。

自然環境は社会の共有財産であり、他に代えることができない希少財産である。ところが、その価値は無償で利用できるため、事実上価格をつけるようなものではない。つまり、資本主義社会においては、自然はお金を払って使うものではないので、利益を上げるためには無制限に使いまくっても良いとされてきた。

その結果、公害を始め人間に重大な損害を与えることが人為的に数多く行なわれてきたが、こうした目に見える形での自然環境破壊には一定の歯止めもなされてきた。ところが、すぐにはそれと分からない自然環境破壊は、極めて危険な状態に進むまで野放しになってしまった。炭素の使用による温暖化ガスの発生や森林伐採はその代表的な例である。被害との直接的な因果関係が明確にならないので、これらを規制する法律はほとんどなく、一向にその進行を止められない。多くの場合自然環境破壊を引き起こしている当事者は罪悪感もなく、自らの行為を正当だと思い行っているからである。

しかし、これらの被害は発展途上国の周辺で確実に具現化しており、大洪水や土砂崩れ、高潮など重大な災害が年を追うごとに増えている。自然環境を守るためには、無償だから勝手に享受するという考え方はもう許されないのである。例えば、炭素は今まで無償で使用されてきたが、環境に悪影響を与えた対価として炭素税を支払うことが新たに義務付けられるなど、自然を守るための金銭での評価が進んでいる。

何はともあれ、自然を守ることに金銭的価値がつけられたことの意義は大きい。古代からの自然を大切にするアニミズムの思想が、資本主義の社会においても無縁なことではなくなったことを意味するからである。

しかし長い目で見た時、自然を守ることは自己の利益とは無縁の、金銭的価値を超えた

（無駄な）行為として取り組んでいくことこそが本来の姿であろう。自然保護を資本主義の論理で進めなければならないことは、決して手放しで肯定できることではない。

無駄を楽しむ道草

伊集院静氏が「ミチクサ先生」というタイトルで夏目漱石の人生を書いている。タイトルでもある道草について、登山の仕方を例えにしたやりとりがあった。

「真っすぐ登るのはオタンコナスですか？」と、優等生の寺田寅彦が漱石（金之助）に尋ね、漱石は、真っすぐ登る以外の方法があることを語る。

合理的に真っすぐに山に登るより、道草をしながら頂上を目指すことの面白さがしっとりと伝わってくるくだりだが、道草と無駄とは確かに共通するところがあるようだ。合理性を否定し、自分が思ったことを信じて、その時々に全力を傾注するところであろうか。道草とは「目的地に達する途中で、他のことに時間を費やすこと」である。決して、物事を雑に考えて行うのでなく、道草を食う対象に対して一期一会の思いで向き合うのである。

もう一つの共通点は、道草を食うことの多くが他の人との交流によって起こるところであろう。自分の行動指針を潔く取り下げて、相手に生じていることを真剣に共有し、それに対してできること、助けられることを無私の思いで行う。そこには、経済的利益を前提にした思考は存在しない。だからこそ、無駄なことをすることも道草を食うことも人生の中の清々しい一時なのではないだろうか。

豊島岡女子学園の無駄の話

豊島岡女子学園では毎朝5分間、運針を授業として実施している。運針とは、真っ直ぐに綺麗な針目で縫っていく手縫いの基本動作である。上達するほどにスピードも増し、針目・長さ・姿勢など総合的な完成度を増していく。１ｍの布に針を運び縫い終わると、糸を引き抜き、また始めから同じことを繰り返すという際限なき活動である。元々、家庭科での必修の所作として取り入れたようだが、本当の目的は禅の修行のような精神集中であったことは間違いない。

なにより感動したのは、出来上がった瞬間にそれまでやってきた作業を元の木阿弥にする潔さである。しかし、よく考えてみると、「出来上がり」という目的意識はなく、作業しているその時々に、いかに全力で取り組むかが目的なので、出来上がりは通過点に過ぎないのであろう。

資本主義の基本である利益を生む、あるいは利益を生かし生産物を作るという合理的思想とは対極にある、無駄なことを全力で行うという非合理思想である。つまり、何の生産物も発生しない益なき作業であるが、それを行った一人一人の学生の心の中に一期一会の集中が宿る。無駄なことを一生懸命することの意義を知ることは、それぞれの人生において豊かな出会いと絆を生むことになるだろう。

　同校の取り組みこそ、今の日本人に欠けている非合理性の徳の体現と言えるだろう。ところで、同校の大学進学先を見ると、その成果があまりにも早く出ているのは明らかだ。運針が具体的成果を合理的に実現してしまっていることには少しだけ懸念もあるのだが…。

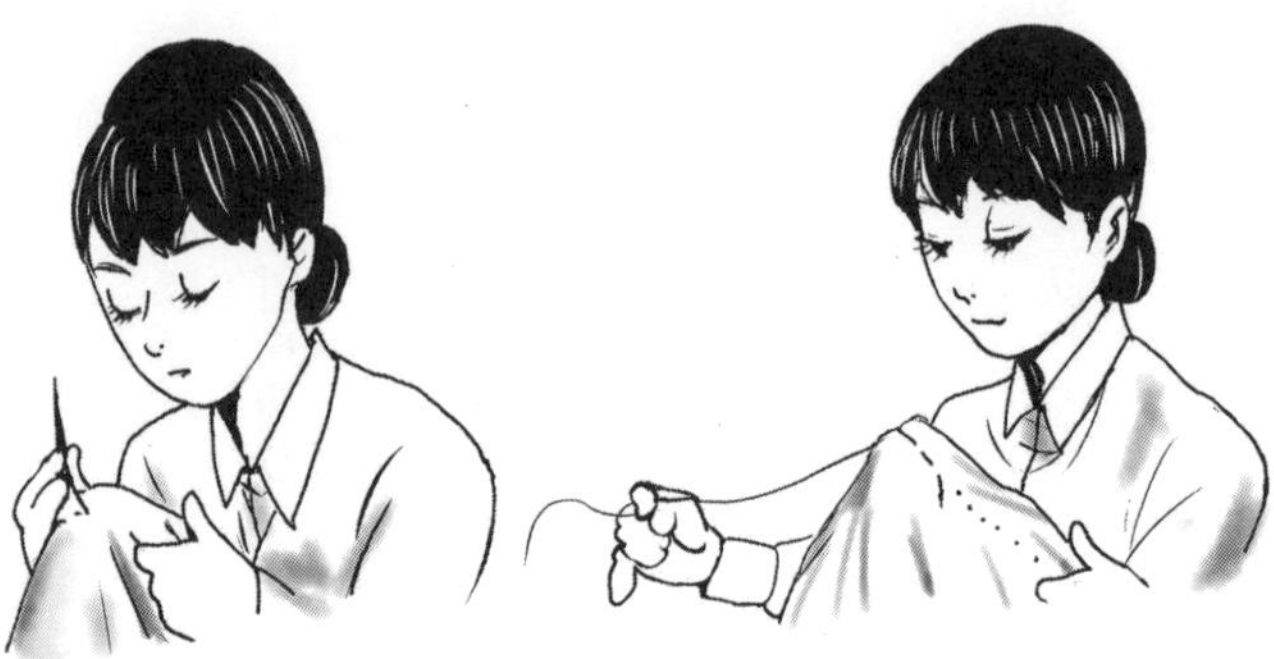

挨拶は無駄だからするもの

人生の中で最も無駄なことの一つは、挨拶だろう。子供への教育として最初に家庭で行われるのは、「挨拶をしなさい」という躾である。挨拶をすることは、人として最低の礼儀、人間であることの原点であると教えられ、挨拶ができれば子供としての及第点をもらえるというほど重んじられてきた。

初めはコミュニケーションの手段として、比較的楽しく発信できる。ところが、学校に入り「大切なこと」として義務付けられると、だんだん挨拶することに抵抗を覚えるようになっていく。部活動に入れば、挨拶を「大きな声で」「深々とお辞儀をして」「言葉を伸ばして」と、その集団のルールに従うよう強制される。上手にできないと処罰の対象にもなる。入社試験では「相手の目を見て」「歯切れよく」と様々な訓練をさせられる。

結果的に、社会に出て自身の挨拶の仕方について自由になった頃には、人はきちんと挨拶をすることに疲れ果て、消極的になってしまっている。つまり、挨拶はその人の人生において常に大事なことであったにも関わらず、その大事さが具体的に何なのか明確な答えが出ぬままに、その時々に「何かのため」にしなければならないとされてきたので、その何かが無くなった時には、挨拶はわざわざしなくても良いものに変化してしまうのである。

これはまさに自ら生きていく折々に合理性を選択させられた悲しい結果である。挨拶が大切であるとずっと強制され続けたことへの反動で、誰からも挨拶について指示されなくなると挨拶をすることは非常に困難なものになってしまう。挨拶をして得られる経済的利益は、基本的にない、からである。

路上で他人にぶつかっても、その時だけの相手なので無視する。仕事が忙しいから、部下にはいちいち挨拶しようなどと考えない。知っている人でも気づかずにすれ違えば、わざわざ声をかけない……。様々なところで合理的判断が働いて、挨拶は廃れていくのである。

挨拶が無駄なことかどうかの判断基準で見ていくと、挨拶をスムーズにできない人の合理的思考ではおそらく無駄なことであるということに行きつくのだろう。確かに挨拶をすることで具体的成果が得られることはない。つまり、自分にとって目先の利益はない。だからこそ、挨拶はしなければならないのである。

自分にとっては無駄であっても、挨拶をされた相手は心を込めた挨拶であればあるだけ、強い感動を得るのである。

定常型（トントン）社会を迎え、コミュニケーションの重要度は飛躍的に高くなる。誰かとつながっていることの重要さも、社会不安が拡がるほど大きくなっていくだろう。その時、しっかり挨拶できることは大きなアドバンテージとなる。それでもなお、その重要さに気づかずにいる人も多いだろう。だからこそ、言いたい。挨拶は無駄だからこそ、するべきである、と。

「一枚起請文」と無駄の哲学

浄土宗の開祖である法然上人は、その臨終の際、「一枚起請文《いちまいきしょうもん》」（別記）という遺言を残している。「一枚起請文」は、「ただ心に念仏を唱えるだけで、極楽往生できるのです。すべての理屈を捨てて、南無阿弥陀仏《なむあみだぶつ》と念仏を唱えるようにしましょう」という心構えを伝え、念仏を信じる人は自身を愚者とするべしと言い切っている。

本項では、法然上人の教えに宗教的解釈を加える意図はない。筆者の理念とする無駄の思想の見地から、この言葉の意味を考察しているということをご理解いただきたい。

「一枚起請文」は、理屈でモノを考えるなという教えであり、念仏を唱えることに全神

《一枚起請文》

唐土我朝《もろこしわがちょう》にもろもろの智者達の沙汰し申さるる観念の念にもあらず。また学問をして念のこころを悟りて申す念仏にもあらず。ただ往生極楽のためには、南無阿弥陀仏と申して、うたがいなく往生するぞと思い取りて申す外には別の仔細《しさい》候わず。ただし三心四修と申すことの候うは、皆決定して南無阿弥陀仏にて往生するぞと思ううちにこもり候うなり。この外に奥ふかき事を存ぜば、二尊のあわれみにはずれ、本願にもれ候うべし。念仏を信ぜん人は、たとい一代の法をよくよく学すとも、一文不知の愚鈍の身になして、尼入道の無智のともがらに同じゅうして、智者のふるまいをせずしてただ一向《いっこう》に念仏すべし。

証の為に両手印をもってす。

浄土宗の安心起行この一紙に至極せり。源空が所存、この外に全く別義を存ぜず、滅後の邪義をふせがんがために所存をしるし畢んぬ。

建暦二年正月二十三日　大師在判

注「一枚起請文」(『法然上人全集』源空著/黒田真洞、望月信亨編(一九〇六)宗粋社)

かたかな部分をひらがなになおし、常用漢字・現代かなづかいを使うなど、読みやすい形にしました。

経を集中すべきであると言っている。合理性を排除し、ただ一心に自ら信ずることを行うべしといっているように見える。

「一文不知の愚鈍の身になして」というところが何より強烈である。理屈をつけず、何も考えずに一つのことに集中することこそ大事で、それは利益を前提とした行為ではない。裏を返せば、利益を得ることを優先して考える賢者になってはいけない、と戒めているのである。自らが愚者であることを自覚し、合理的な計算をあきらめて無駄な時間を費やしていくことを良しとする。但し、一生懸命集中してその場に身を置くのである。

「一枚起請文」が書かれたのは、1212年であり今から800年以上前のことである。中世の巨人は宗教家であり、哲学者であった。現代の私たちが精神を不安定にしてしまう急所をしっかり把握していたことは、凄まじいことと言えるだろう。南無阿弥陀仏の南無は「挨拶」を意味する。また、無《む》と陀《だ》という無駄につながる響きがしっかり内包されている。これも、大変興味深い点である。

無駄である挨拶をしつつ無と陀を唱える念仏は、究極の、そして崇高な、無駄な行為といえるのではないだろうか。

伝達には無駄な努力を

情報化社会が進む一方で、人と人とのコミュニケーションの不調は拡大している。新型コロナウイルスの蔓延で人々の出会いはますます難しくなってしまい、コミュニケーションツールとして電子メール（以下、メール）やラインの重要性が増していることは周知のとおりである。

人と人とが直接会うことと比べれば、メールでは目・耳・口・鼻・表情・体の動きなど、相手の醸し出す様々なニュアンスを受け取れない。受け取れるのは、無機質な概念としての言葉だけである。声や息遣いの聞こえる電話と比べても大きな違いがあり、自筆の手紙との差も否めない。しかも、パソコン上の無機質な文字で送られてくるメールの相手が、本当にその本人かどうかも分からない。相手が自分の認識しているその人かどうか100％確信して交信しているわけではないという、伝達媒体としてはかなり特異なものであるといえよう。五感でしか伝えられないことをメールの中で全力で集中して伝えていくということが、どのくらいできるのかと考えると、悲観的にならざるを得ない。

そもそもメールは合理性を最優先したツールであり、短時間で自分の言いたいことを相

手に伝えることを目指したものである。つまり、ある程度雑に伝えることが容認されているのである。これは、○か×かといった結論を伝える点においては優れているが、自分の考えについて相手に理解を求めるような内容になると、たちまち相互に温度差が生じるリスクがある。相手と向き合ってコミュニケーションをとる、という心構えができないままに相手の心に入っていくような場面が生まれてしまうからである。

メールでのコミュニケーションは、基本的に減点法である。両者の間に10回良いやりとりがあっても、11回目にストレスを与えるメールがくれば、その相手とのコミュニケーションはその後不調になってしまうことも少なくない。起きてしまった行き違いを、顔を合わせて、つまり、お互いが向き合って目を見て解決するようなチャンスはないからである。

メールを送信すること一つを取っても、自分の都合で好きな時にできるという自由性があるが、これこそ諸刃の剣といえよう。会って話をしていれば、相手の様子を見ながら軌道修正もしていけるが、メールの場合は相手と「間や溜め」を創る余裕はなく、一方的に伝えまくるだけである。しかも、送信してしまった内容はもう消すことはできず、自分の意見として相手に主張し続けるのである。つまり、相手とコミュニケーションをするためのものでありながら、相手のことを考えずに自分の思わくだけを一方的に進めることができるという矛盾したツールなのである。

メールにおける弊害は、合理性のみを追求し無駄を排除したことで起きた一つの事例である。相手と向き合う時間の確保、心を込めて伝達をすることができるような自身の集中力、語学力の修練など、無駄な（すぐには自分の利益とならないような）時間の積み重ねの中でこそ一期一会の出会いは成立する。

コミュニケーションには無駄が必要なのだということを、メールは反面教師として示してくれている。

俳句から無駄を学ぶ

俳句は、17文字で一つのストーリーを完結させる特殊な文学である。17文字で自分の伝えたいことをまとめるわけだから、余計な言葉や感情はすべて切り捨てる必要がある。もちろん、それではすべての人に自分の伝わらないという意見もあるが、それでも良しとされている。つまり、自分が伝えたいと思ったことを、読み手が違うように捉えたとしても、「別の鑑賞がされた」として済まされる。だから、自句自解は不要。つまり、自分の作った俳句を解説する必要はないと言われている。また、いわゆる良い句は違った鑑賞をされても別の味わいが出てくるものなので、皆が作り手に遠慮せずに思うように鑑賞する句会では、こうした形が上手に機能しているのである。

言葉を徹底的に切り捨てる作業は、非常に合理的に行なわれる。俳句は季語と言って、句の中に季節を表す言葉がないといけない決まりなので必ず入れるわけだが、二つ入れることは逆に季重なりと言って基本的にはダメ出しをされる。よって、一つの季語に絞り込む作業が自然に行なわれる。季語だけでなく、同じような意味の言葉は重ならないようにする。例えば、「星」という言葉を使えば「見上げる」という言葉は余計だ、というように一

(本歌)咳をしても一人

つの言葉で十分伝わることはそれで済ますということが徹底されているのである。

こうした言葉の選択の中で最も大切な点は、自分が一番伝えたいことはそのまま概念の言葉にせず、モノに置き換える作業をしなければならないということである。

つまり、花を見て俳句を作る際は美しいとか綺麗といった言葉は禁句であり、美しいと思った感動を別のモノに置き換えなければ、誰もが感じるレベルの平凡な思いしか相手には伝わりようがないと考えるのである。例えば朝露を、単に輝いていると言わず「ダイヤモンド」と表現した時、同じような体験をしたことのある人は深い感動を得るわけだ。

合理的な思考、つまり概念でモノを考え

て言葉にすると、自分の考えを一つの見方でしか示すことができなくなる。あるいは、適当な言葉を生み出すために自分の観念（感性）を変化させてしまう。一方、無駄な推敲を繰り返した思考は、概念の言葉を除外し感覚で本質に触れるような瞬間が生まれるものである。そして、その瞬間の感覚をモノに置き換えることで生まれた言葉は、非合理のようでいてプリミティブな人間性を醸し出すのである。結局は言葉であることに変わりはないのだが、明らかにそこには作り手の感性が宿っているのである。

このように俳句は一句仕上げるために、相当な時間を要する。その作業は集中して取り組む無駄な時間である。なぜなら、ほとんどの場合、納得のいく成果物が出来上がることはないからであり、しかも一般的なコミュニケーションで言いたいことを伝えるという視点から見れば、ほとんど結果に差異はないからである。それを承知で俳句を作る作業を膨大な数の日本人が日々行っている。

合理的な作句方針の下、無駄な時間を重ねるのが俳句づくりの要諦なのである。

バーチャルオフィスの非合理性

コロナ禍でテレワークが増える中、新しい仮想空間の中でアバターを使ったバーチャルオフィス生活を体験するシミュレーションソフトが生まれた。

常に仕事をするというのでなく、休憩したり、同僚と話をしたり、通常オフィス内で行われる日常生活を体感することで、コミュニケーションの生の感覚を自覚させることが狙いのようである。

パソコンを使ってのリモート業務は、いかに無駄なくモノを仕上げていくかという合理的発想に支配された時間になる。その中で、バーチャルオフィスは本来の人間の営みであるコミュニケーションを通して無駄な時間の大切さを想起させる、ということが大きな目的であろうことは容易に理解できる。

仕事とは、自分一人の思わくですべてを作り上げていくものではなく、そこにいる仲間との協同作業である。自分だけの合理的基準を築き上げてゴールに向かって一直線に進んでも、本当のゴールは別の場所にあったという結論になることも多い。一見、くだらないように思われる仮想空間での営みによって、無駄なことと思えていた一つ一つのことが全

体の流れを構築するためには欠かせなかったということが見えてくるはずである。本当のコミュニケーションとは程遠いなかでの模索と言えるだろう。そして、それは一つのゲームともいえる。

よく、ゲームをすることで発想力を鍛えるとか、集中力を育成するとか、いろいろな理屈をつけて、その効果を合理的に結論づけようとされるが、そんな難しい理屈は不要である。ゲームは、全力で無駄なことをするものだからこそ、一緒に参加した人々に新たな付加価値をつけてくれるのである。

字を書く大切さと無駄

文字は、自分の考えを具体的かつ客観的に残す人類最大の発明である。さらに文字を書くということは自分の心を育てていく、あるいは人間としての在り方を築いていくという無形の機能がある。データ文字がこれだけ溢れていても、心のこもった手紙は、受け取った相手に存分な付加価値を伝えることができる。前述した二つの機能が有機的に組み合わさり、特に後者は字そのものが、その人の人となりを相手に伝えてくれる役割を果たす。

では、自分の心を育てる文字とは何かといえば、丁寧に書くということに尽きる。「丁寧に書く」ということは集中して全力を振り絞るということである。この時、「雑」は最も忌むべき概念となる。

自分の思いを伝えることや情報を与えることという文字の効用とは視点を変え、心を込めて字を書くことを考えると、それは利益を求める行為ではなく、相手に対して自らの思いを捧げる儀式に過ぎないことは明らかである。だからこそ、読んだ相手は、その文面から書いた人の思いやりを感じ取るのである。

字を書くということを、自分の考えていることを相手に伝える以外には意味のないことと考える人は少なくないだろう。メールで送った方が余程きれいで読みやすく、相手にダイレクトに伝わる、と考える人もいるだろう。この合理的思考を打破し、無駄なことだからこそ字を書くということを謙虚に行っていきたい。

『徒然草』にこんな件がある。「手のわろき人の、はばからず文書き散らすはよし。見苦しとて人に書かするはうるさし。」これは、字が下手でも手紙はどんどん書くことが良いことである。字が下手だといって他人に代筆させては良くないという意である。当時は皆達筆ぞろいだったので、上手・下手の感覚は今とはおよそ異なるので置いておくとしても、手紙は自分で書かねばならないと言い切っているところに、今回のテーマにつなが

るコミュニケーションの真理が見える。「人に書かする」とは、まさにメールを指しているようだ。

合理的にやっていては、人間関係は拡がらないということは、今も昔も同じようである。

渋沢栄一の無駄の哲学

昭和の頃、『勇気堂々』（城山三郎著）を読み、主人公・渋沢栄一の人生観に強い感銘を受けた。大きな書店で渋沢関連の書籍を探したが、あまり見つけることができなかった思い出がある。渋沢栄一は、今日本で最も再評価されている一人である。幕臣・明治政府の役人という体制側から民間に移り、日本の産業界を育て上げた巨人である。

渋沢のやり方に、「せっかく大きな会社を作ることができたのにその利益を放り出して去っていくというのは、事業家として随分無駄なことをしている」という受け取り方をした記憶がある。つまり単純に、地位や名誉にこだわらない清廉な人、と解釈していたが、今は少し違うような気がする。

渋沢は、経済と道徳の両立を唱えたことでも知られている。もともと政府の側にあって官による支配の限界と弊害をいち早く察知し、宮仕えを辞し、民間人として数多の企業を創り続けた人である。汚職が横行していた明治政府の闇の部分を知り尽くしたからこそ、経済的活動を主命とする企業が官の汚職に簡単に取り込まれてしまうことを案じて、官と距離をおいて自立することができるような民間企業を一つでも多く創っていこう、と考えたのだろう。

当然のことながら、そこでの企業は数多くのステークホルダーと平等に対していく組織であらねばならない。経営者自身がその組織の中で恣意性や過剰な影響力を持つことは、自らの考えと矛盾することに渋沢は気づいていたのだろう。したがって、その企業のフォルムが整えば自らは離れていくという姿勢を繰返したのだろう。清廉などという感傷的なものではなく、論語を本旨に掲げた渋沢の強烈な理念に他ならなかったのだろう。

そこには、資本主義の大きな弊害を喝破した冷静な目がある。利益至上主義を排し、従業員・顧客・取引先・地域・自然環境に配慮し、企業が守るべき倫理・道徳を企業に根付かせることを心掛けたのである。こうしたことは、すべて不特定多数の人々の幸せを求めてのことであり、幕臣を目指した出発点から不変だった。

渋沢は、自己中心の合理的な発想で利益を得るということを生涯目指さなかった。一期

一会、自分にとっては無駄なことを精一杯やり続け、人々のために思いやりの人生を送ったのではないだろうか。そして、資本主義の価値をもっとも端的に示す壱万円札の肖像になったのも、定常型（トントン）社会を迎える日本にとっては相応しいことなのかもしれない。

渋沢は後年、物質文明の進化で精神教育が大きく衰えてきていることを指摘している。すでに、今ある危機を見抜いていたのである。

渋沢によれば、企業は自分のために儲けるのではなく、社会のために儲けるのである。だからこそ、貪欲に利益を追求することを堂々と行ったのである。どこかの国のノーベル賞を受賞した経済学者のように「株主のために儲けることが最大の目的」とうそぶいている思想とは、対極にあったのだ。企業は、仮に卑しい事業でも、正しい道によって利益を得、その利益を公益のために使っていくことを是とした。それが世の中のため、と信じていたのである。

渋沢の思想は、企業の発展を道徳と利益の両立という具体的な方針で実践させた。一見対立する二つの概念だが、21世紀に通じる様々な言葉と同一性がある。ESG・SDGS・コンシャスキャピタリズム（思いやり資本主義）、どれも株主の利益だけを考えるのでなく、あらゆるステークホルダー、つまり、顧客・社員・取引先・地域住民といった人間だけでなく、自然や地球環境も対象にして気遣いをしなければならないという思想である。これこそ、まさに道徳の実践であり、目先の合理的思考は排除される。しかし、長い目で見れば、当事者である企業に利益は返ってくるのである。

渋沢は、経済的利益の獲得を前提にした成功や失敗といった概念を一蹴し、人は正しい行為の道筋に沿って行動し続けてこそ価値ある生涯を送ることができると言っている。この思想に、一生懸命無駄なことをすることの意義が明確に示されているように思うのである。

どんぶり勘定とアバウト計算

あることについて、あまり精密に計算せずにおおまかに決済をすることを称して、どんぶり勘定という。銀行が毎日3時にシャッターを下ろして、その日の取引について1円違わず精算することとは大きな違いがある。多少の誤差は承知の上で数字合わせを適当に終わらせるという意味では、いい加減な計算という悪いイメージがある言葉である。これがアバウト計算、つまりおおよその数字を確実に合わせるという言い方になると一つの計算方式となってくる。

アバウト計算が用いられるのは、次のような場合である。まず、「だいたいの金額を」という結果を求められているが、正確に計算するには相当の時間を費やさなければならない場合。あるいは、ある事業の成果を見るにあたり、例えばこのくらいの利益を上げられれば良いという数字的な着地点がある場合。一定の範囲の金額に収まっているということを経過的に確認しておきたい場合。こうした時、詳細に決算をすることとは別に、短時間で確実に概算を把握するために活用される。アバウト計算には桁違いなど大きなミスを防止することや、細かい計算とは別におおまかな金額を検算して確認できる効果がある。

特に、実務においては、このおおよそでありながら絶対にブレない数字感覚が非常に重要となってくる。計算能力だけでなく、計算する人の見識・知識・常識も問われるからである。

このアバウト計算は、枠にはまった思考を超え視野を拡げて、与えられた時間を上手に操る感覚が大切である。つまり、完全な数字を求めるわけではないということは、無駄（誤差）が出ても良いということである。合理的な思考では、数字は与えられた道を機械的に進むだけになってしまい、桁違いをしても気がつかずにとんでもない結果になったりする。また、正確でなくとも早く一定の回答をと望まれているのにどうでもいいところに時間をかけてしまったり、数字以外の配慮すべき諸事情をなおざりにしてしまうことも少なくない。

アバウト計算は、その結果をもって得られた数字を使い自分たちとしてのよりベターな成果を上げる場合と、こちらの主観では推し量ることができない判断をしようとしている相手がいる場合などにタイミング良く取り入れる重要な技術である。

エスカレーターで合理性について考えてみる

エスカレーターが利用される最も顕著な場所として、駅のホームがある。エスカレーターと階段が併設してあるところでは、エスカレーターの方は利用する人で混み合い行列ができている。一方、スペースは広くとられ、ゆうゆうと歩くことができるほど空いているにも関わらず、階段を使う人は少ないのである。

エスカレーターでは、東日本では右側、西日本では左側を空けて、急ぐ人はそこを歩いて上っていくのが一つのルールとなっている。転倒防止などの観点から「エスカレーターでの歩行は止めてください」と駅員は放送するものの、その指示に従うことはあまりないようである。

そもそも、歩行が困難な人のためにはエレベーターがあるのだから、階段の場所を狭くしてしまうエスカレーターを隈なく取り付ける必要があったのか疑問の残るところだが、とにかく便利さを優先するべきとしてエスカレーターが徹底的に導入されたのだろう。そして、人々の合理的発想を鑑みれば、階段を上るよりエスカレーターを歩く方が早く進めるので、両方が併設してあれば急ぐ人は違反であっても当然にエスカレーターを使って歩くことになるのである。

そこには、「時間は無駄になるが、ルールどおり階段を使おう」という発想が起きる社会的認識はない。あるいは、ルールを守るかどうかはともかく、人とは違う道をいくことの希少価値への評価や、合理性ばかりを追求して人と同じことをすることで起きるリスクを避けるメリットなど、階段を使うことについての社会学的思考からの考察はほとんどないようである。

たかがエスカレーターの乗り方であるが、なぜ多くの人が、階段を使わず、わざわざ混んでいるしかも狭く、更には歩いて上ることで止まっている人との接触のリスクも

あるエスカレーターに乗ることにこだわるのか、不思議であり、資本主義的思考の一類型と思えて仕方がないのである。

急がば回れ

『広辞苑』を引くと、「急がば回れ」の意は次の通りである。「危険な近道よりも、安全な本道をまわった方が結局早く目的地に着く意。成果を急ぐなら、一見迂遠でも着実な方法をとった方がよい。」誰もが知っているこの慣用句は、今の時代において新たな指針になると思うのである。

資本主義に染められた私たちが合理的に利益を上げる方法を考える時、この「急がば回れ」についてはこう解釈する。「利益を確実に上げるためには、余計な投資やリスクのある運用はせず、銀行に預金をして雀の涙程度でも利息が付けばその方が安心である。」

そこには元金が保全された上で「少しでも」利益を得るというつましい合理性が内包されており、圧倒的な数の人々がその考えの下、行動している。資本主義社会の一員として、実際には資本主義の恩恵にあずかることもなく、最小の合理性で満足させられているのである。

しかし、お金は人生の中で活かしていくもの（それは、必ずしも自分のためだけでなく、不特定多数の誰かのためも含めて）と考えれば、銀行に預けるという選択が本当に正しいかどうかは分からない。あるいは、将来起こり得る社会情勢の急変の可能性について考えれば、預金と利息だけでは自分の生活を守ることは適わないかもしれない。預けている銀行そのものが倒産することも決して皆無ではない。つまり、自らの価値観を時代の変化に合わせることができずに固定してしまうことで、着実な道を選択しているつもりが知らず知らず危険な近道をとっているかもしれないのである。もちろん、投機的なことをしろと言っているのではなく、もう少し発想を変えて資産の在り方を考えてみたらどうかと思うのである。そこには、やってはいけないと考えていた「無駄な遣い方」の途もあるはずである。

「急がば回れ」の今の時代の解釈は、「物事を合理的発想だけで早計せず、むしろ無駄だと思える方を選んで進むことこそ実は正しい答えであることが少なくない」というところではないだろうか。「人生とは、無駄なことをすることが正しい道である」と信じていれば、案外幸せになれるように思うのである。

プラスチックの有料化と無駄の思考

海洋生物の命の危険を回避することを始め環境破壊を抑制する目的で、モノを買った時に商品を入れてもらうレジ袋が有料化された。プラスチックを原料とするレジ袋の流通をできるだけ減らし、プラスチック製品の拡散を防ぐことが狙いである。多くの人がエコバックを持参して、商品を持ち帰るという光景が拡がりつつある。自然環境保護を日常の生活の中で考えることはとても大切であると思うが、一番の懸念は有料化というやり方である。そもそも、環境破壊を進めている元凶は、市場原理主義の下いかにたくさんの利益を得るかという命題を掲げた資本主義の論理が野放しにされてしまったことである。そしてその利益を上げるということの基準は、まさに貨幣価値なのである。レジで1円でも2円でも得をするという習慣をつけさせるのは、ポイントカードの提示と同じ発想である。

レジ袋を使わないということは、純粋に自然環境を守るための人間としての道徳的行動であるのに、そこに使わないことで得をするという経済合理性が入り込むことは大いに心配である。資本主義の弊害で起きている事態を、資本主義を肯定する思考の中で解決するというパラドックスから抜け出せていないのである。

常に人間に合理的思考を求めさせる資本主義の論理の精神への浸透は、極めて深刻と言わざるを得ない。環境問題への取り組みは、自分たち世代のために行う合理的活動ではなく、その多くは将来の世代のため、地球のための活動であり、今の自分たちが生きていく中では無駄なことであることを私たちが覚悟するところから始まるのではなかろうか。

電子メールの落とし穴

家にいながらにして瞬時に誰かに自分の情報を発信できるという点では、電子メールは凄まじい媒体である。相手のアドレスさえ分かっていればどんな人、つまり、世界の果ての人、あるいは日常生活ではとても口も利いてもらえないような立場の人とも交信できる。不特定多数の人と瞬時にしてコミュニケーションをとることができるようになったことは、21世紀前半の最大の文明の進化と言えるだろう。その成果を一言で表せば、人と人との結びつきが極めて合理的に可能になったということになる。

つまり、電子メールというものは電話や手紙などとは異次元の能力をもっているといえるが、私たちはそれをあまり意識しないままに活用しているのではないだろうか。

「光あれば影あり」「好事魔多し」の例えがあるとおり、犯罪あるいは中傷・プライバシーの侵害などが、それまでとは比べものにならない数に膨れ上がってしまった。事件には至らないまでも、誰もが日常的にストレスを感じる要素を抱えてしまうようになったことも、大きな社会問題と言えよう。電子メールの切れ味は自らを傷つけるリスクもそれだけ高い。例えば、宛名に敬称をつけるという点で考えてみたい。

電話ならば相手に対して呼び捨てにするということは、意図的でなければあり得ない。手紙にしても、自らの手で書いていく中では通常起こりようもないだろう。しかし、電子メールでは○○様の「様」を付け忘れることは本人の意図に関わらず十分起き得るのである。しかも、一度送信してしまえばやり直しはきかない。

電子メールには送信者の声の大小・声質・言い方など一切表現されない。個々の書き方についても手紙のように違いを見せられない。相手に敬称をつけずに送った電子メールは、発信者の受信者に対するありのままの姿を冷徹にさらけ出すのである。つまり、「これで送って良し」と無駄な時間をかけてしっかり確認する

to 東京大和株式会社
代表取締役　山本一郎
謹啓　仲秋の候　山本様に
おかれましては益々ご清栄
のこととお慶び申し上げます

配慮を怠ったという印象を、相手に明確に残す。それが、電子メールの内容そのものにも重大な影響を及ぼすことは少なくない。どれほど丁寧な考え方で自分の思いを伝えていても、相手の名前を「呼び捨て」では台無しになりかねない。

電子メールを打つ場合にはたくさんの無駄な時間を使おう。相手のことを精一杯集中して考えて電子メールをする習慣をつけるほかない。あるいは、考えた上で電子メールをしないという選択をすべきであろう。そして、それができないなら極力直接会うこと、最低でも一定の五感に訴えることができる電話を使うことであろう。電子メールは限りなく合理的であるゆえに、その取り扱いにはたっぷりと無駄な時間をかけなければならないということを言っておきたい。

暗記には無駄——インターネットを使いこなせ

インターネット（スマートフォン）の使い方に関する知識は、覚えることに尽きる。そしてそれは、画面で生じたことにいかに対応していくかという作業がほとんどすべてであ

り、機械の内部のことはそもそも素人には分かりようがない。

インターネットを使えないと思うのは、その入り口で、それまでまったく体験したことがない言葉や考え方が当り前に求められるので、高い壁を見上げるような気持ちになり、集中することができなくなり、次に進む意欲が失せてしまうのが大きな要因だ。ところが、一つの動作ができるようになると、割と簡単だという実感を覚えることは多い。その作業が繰り返し必要になる環境にあれば、しっかり自分のモノにできるのだが、多くの人は一度覚えても時間を置くと忘れて、また初めからやり直すということになってしまうのが課題である。

使いこなすということは、様々な動作を継続的に続けていくことで自然に身につく。作業の多くは理屈で覚えることではなく、丸暗記するしかない。大人になると、理屈でモノを考える癖がついているので、非合理的な対応をしなければならないインターネットは苦手となってしまうのである。

ここで意識したいのは、合理性の排除である。インターネットを使う場合は、無駄でもいいから一つの動作を繰り返し行うという習慣をつけてしまうことである。とにかく、頭でなく体で覚える。そして、一つ身に付いたら新しい動作に挑戦する、という無駄な時間を連続していく覚悟が必要なのである。集中してこのやり方を続けると、少なくとも、インターネットと自身との距離感が確実に変ってくるだろう。

21世紀の合理的文明を活用するには、実は非常に無駄な行為が必要とされるというところにイメージのギャップがある。インターネットには修行という言葉が非常に馴染むのである。

無駄が上手な信用金庫

信用金庫（略して信金）は銀行とは異なり、従業員に課す仕事の在りようについて、合理性を優先させてこなかった。無駄な時間を費やして顧客回りをすることで、顧客とのコ

ミュニケーションの場を培うことを重視した。
　信用金庫と言えば営業マンが自転車で顧客の会社を訪れ、街の動きや地域の企業や景気の状況をタイムリーに顧客に伝えながら、定期積金や従業員にも定期預金を求めるなどして信頼関係を深めた。信金にとって、必ずしも儲けに直結するものではないが、濃厚なコミュニケーションを保つことでその担当者ひいては信金の存在が顧客にとって身近なものとして定着し、運転資金の借入や住宅ローンの申し込みにつながっていったのである。
　信金の地域での営業力と与信力の

強さは、こうした日々の地道な活動から形成されていったわけだが、ある頃から金銭を尺度にした近視眼的な合理的思想が、こうした無駄な時間の活用を否定するようになった。顧客回りは、相手と豊かなコミュニケーションをとるための誠実さや日々の勉強、そして責任感を求められる。社内にいてパソコンに向かっていることに比べれば、外へ出てコミュニケーションをとるというのは苦痛でもある。こうしたことの苦手な最近の若い営業マンにも、苦痛を伴わない合理的方針は支持され、どんどん顧客との距離は遠くなってきてしまったのである。

繰り返すが、良好な人間関係を維持するためのコミュニケーションを保つための作業は、決して楽なことではない。また、人と人とのつながりは、経営に関わる数字に明確な変化を生むものでもない。だからこそ、この無駄な努力を積み重ねてきたことが、信用金庫に大きな財産をもたらしてきたのである。そして、従業員を人間的に成長させるという視点からも、最高の教育でもあるのだ。定常型（トントン）社会の中で、信用金庫が地域とのつながりを重視する金融機関を目指すからには、この原点に立ち返ることが絶対の条件となるだろう。

大学は無駄の花園

合理的思考からこぼれ落ちるように生まれる無駄もある。大学生活である。人生の一つの目的として、良い生活をするために良い会社に入る。そのためには、良い大学に入るという学歴志向は、今も日本人の心の中に深く根付いている。つまり多くの場合、大学は勉強する目的で入るのではなく、良い会社に入るための通過点に過ぎないのである。

「A大学よりB大学の方に行きたい」という受験生の希望も、学歴志向主義の中のささやかな選択肢に過ぎない。もちろん、誰もがそうであると言い切っているわけではないので、ご了解いただきたい。

さて、そうして入学した大学での4年間で、その大学ならではの見識や経験を身につけることができたら、それはその学生にとって大変な財産になるのだろうが、ほとんどの学生はそうした僥倖に巡り合うこともなく卒業していくのが実態だろう。

つまり、大学に入るという行為は良い会社にいくための合理的選択であるのだが、大学での日々は無駄な時間を費やすことがほとんどで、合理的思考からは外れた時間になるということである。ところが、それこそがその人が大学に入った成果となり、人生において非常に役に立つことになる。

大学生は合理的思考から解放された日々を送ることで、無駄の効用を体現することになる。例えば、友人たちと日本中を旅して無分別にお金を浪費してしまうこと、目的もなく学問に徹底的に打ち込むこと、どちらも本人にとっては利益を得るための活動ではないし、良い会社に入るための訓練でもない。むしろ、合理的に考えれば、やり過ぎてはいけないことかもしれない。

しかし、その無駄は、きっと将来にわたって活かされるのである。もしかしたら、大学で一生懸命無駄なことをした結果、良い会社に入ることを止めて別の道に進むかもしれない。それもこれからの日本人の生き方の一つの形なのである。

蛇足だが、大学時代にアルバイトに熱中することは、自己の金銭感覚を合理的に発展させるリスクがあるので注意が必要である。つまり、働くことが目的であるのか、お金を得ることが目的であるのかの位置関係が問題なのである。生活費を稼ぐという図式はあるレベルを超えると、無駄をしない思考になる懸念がある。

学生時代は、一期一会の出会いと経験を優先して欲しいのである。

友達のつくり方

コミュニケーションをとるにあたって、一つのポイントになるのが、向かい合う相手とどんな話をするべきか、ということである。面白い話題を、とつい思うわけだが、この「面白い」が実に難しい。自分が面白くないことは相手にとってもつまらないことだろうと思う一方で、自分は面白いと思うことでも相手には果たしてどうだか分からないことが多いからだ。

多くの場合、人は相手についてほとんど知識をもっておらず、共通の事案に絞って話を交わす関係に過ぎないからである。相手のことを知り、それを自分の中で熟成し、適切な言葉を交わす。それができるのは友達だからだ。大人になって友達ができにくくなるのは、そうした作業をする余裕もチャンスもなくなっていくからであろう。

会社のような組織の中で、社内外の人とコミュニケーションをとろうとする場合、仕事についての話をしているだけでは人間関係は深まらない。深めるためには、相手を知るための無駄な時間が必要なのである。合理的でない時間を費やした結果、相手を知ってくると、いつの間にか、やりとりにストレスがなくなる。気楽に、素の自分を出せるようにな

るからである。この過程で心掛けたいのは、無駄な話を相手にぶつける勇気と余裕を持つことである。

自分が考えていること、好きなことを自然に伝える。自分の生の情報を語ることである。これは、少なくとも相手にこちらのことを知ってもらう具体的手続きとなる。つまり、相手のこちらに対するストレスを減らす環境を作るのであり、信頼関係を深めるチャンスボールを投げるということなのである。

子供の頃、なぜ友人ができたのか。今にしてみれば、素晴しい能力である。その根底には、くだらない概念を持たず、相手との無駄な、そして具体的な感性のコミュニケーションがあったからではないだろうか。

ニコニコ主義と無駄

昭和の初め、今から100年近く前に、牧野元次郎という人がニコニコ主義を唱え本も執筆している。結論は、笑って過ごせばストレスなく長生きができるということなのだが、そのために述べている一語・一文には、今につながる蘊蓄が満ちている。ニコニコ笑うことが幸せにつながるという理論である。ニコニコ笑うことを皆に促すために、こうした理屈を掲げているのである。具体的な言葉を挙げてみたい。

＊「**ニコニコこれ福の神**」ニコニコした方が面白い。そして、自分一人が面白いばかりでなく、側にいる人も、愉快で幸福になる。

＊「**腹立てまいぞ**」を呪文として唱える。どうしても面白からぬことがあって、腹の虫が収まらない時も、黙ってニコニコしていれば大抵のことは忘れる。

＊「**待て暫し**」これができれば、怒るまでに行かず、そのうちに気が和らぐ。

＊「**人に打たれて不安なし**」打たれた者は、自分さえ忍んでいれば何等そこに不安を感じることなし。世渡りの最大の秘訣は、あらゆる時あらゆる場合に喧嘩をしない

こと。

＊「**此の世の中に心配ほど心身を害するものはない**」心配は自然に逆らい無理をするから。何事も天命に任せることができれば心配はない。

＊「**散る花を追うなかれ。出る月を待つべし**」

＊「**一日の苦労は一日にて足れり。明日のことを思い煩うなかれ**」明日を心配すれば、いよいよ煩い苦労が増えてくる。過去は今日一日の現在より見たる昨日にして、将来もまた今日一日の現在の上書きとして考えたる明日である。我々は現在にただ最も忠実にできる限りを尽くして働けば、その現在が昨日となった場合過去にも忠実な人となり得る。今日一日の存命を喜び、稼業を大事に勤めれば、何等明日を思い煩う必要はない。

＊「**取り越し苦労をするな**」何事を為すにも一心を打ち込んで、何事にも全精力を注ぎたい。常に、現在を楽しめ。現在を尊重せよ。明日のことは明日に廻し、無用の心配・不安を取り去って、取り越し苦労をしないこと。今其一事に全力を注いでかかれば、必ず不安・杞憂などは起ころうはずがない。

＊「**気軽に世を渡れ**」何事にも腹の立つことはある。気軽に笑ってしまえば、何でもない。滑稽も世渡りには不可欠。万事気楽にさばけて面白く、愉快に一生を終わり

たいもの。

格言とも言うべき真言は、一つ一つ心に響く。それを実践していくことができれば、どれほど素晴らしいことかと思い、実際に行っていきたいと決意もする。しかし、どれもそうそう簡単にできるとは思えない。何故かと言えば、牧野氏の言う合理性とは異なる自身の合理性が日々優先的に顔を出してしまうからである。

牧野氏の結論はどれも経済的利益を具体的にもたらすものではない。常に人間としてあるべき姿を目指し、自分の中の克己心に基づき心を集中させていく所作である。こうした活動は日々の金銭を始めとした経済的合理性の発想に押し流されてでし

まうリスクが高いのである。

牧野氏がニコニコ主義を唱えた１００年前も既にそういう環境ではあったのだろう。牧野氏自身、定期積金制度の生みの親であり、経済人として活躍していたので、単にニコニコするということの難しさは理解していたと思う。その上での金言なのである。１００年経った今、資本主義の拡大による金銭的合理性の弊害は桁違いである。だからこそ、牧野氏の言葉の重みはより一層深まっているし、それを実行することはさらに至難の業でもある。

筆者は牧野氏の教えを、合理的な思考で良いことだから是非やろうというよりも、無駄なこと（一つ一つに経済的合理性はない）だからこそ精一杯やっていこうとすることで、自然に取り組むことができるのではないかと考える。そして、ニコニコすることは相手も幸せにする思いやり溢れる行為であると考えれば、無駄でもやり続けることが必要であると言い続けたい。

あだ名――無駄が作ってくれる親近感

愛称とは、相手のことを親しみを込めて呼ぶ際の本名以外の名前である。あだ名やニックネームなどとも言う。一方、仇名は悪い呼び名で悪評のことである。

愛称で呼ぶことは、相手とのコミュニケーションを円滑にするための手法として古くから日常的に行われてきたのだが、いつの頃からか、本名以外で呼ぶことは相手を貶める、というような扱いになってきて、職場などではモラルハラスメントに、学校では虐めにつながるとして、あだ名をつけることが抑制されるようになってきた。つまり、愛称としてのあだ名も悪評につながるという評価になってきたのである。

この扱い方こそ、今の日本の持つ一つの病につながるリスクを感じるところである。ほとんどの人が、相手を貶める仇名と愛称との違いは見分けられるはずである。もし誰かが、ある人に悪意のある仇名をつけて呼びかけたら、それを皆で止めさせるというコミュニケーションがあるべきである。「そういうことができるならやっている。人間の本性はそんなに甘くない。」という限界論で、リスクのあることはそのまま封じ込めるということを続けていけば、その何倍もある本来の良いものも同時に根こそぎ抜かれてしまうのである。

その人の特徴を探し当て、わざわざ愛称を付けるという行為は、お互いの利益を意識しない「無駄な行為」である。無駄だからこそ、その愛称がその人たちのコミュニティでブレークすれば良い人間関係を作る大きな要素になっていくはずである。無機的に名字を呼び合うだけしか許されない環境は、定常型（トントン）社会には似合わない。

ネット社会では、相手の名前まで書かず、〇〇様と名字だけで済ませるやり方が大多数である。人間関係がますます概念化された血の通わないものになっていく嫌いがある。合理性のない無駄なことだからこそ、相手の様々なことに関心を持ち、その人固有の温かみのある特徴を探して、自らの感性を生かし敬意を込めた愛称を付ける努力をしてみたい。

芸術文化と幸せ運ぶ無駄

絵や音楽のように、たくさんのお金を使って何年も勉強しても、自らの職業としてはなかなか成立しないのが芸である。仮に、それを活かして少しは食べていけるようになれたとしても、他の仕事の収入も合わせなければ、生活するための所得を満たすことは難しいことも多い。むろん、芸事をするのは自らの感性を養うため、集中力をつけるため、楽しむためと、お金を稼ぐことと直接に結びつけずに始める人の方がはるかに多いだろうから、芸事はそもそも利益を追うことを目的にしていない分野なのかもしれない。お金を使って利益を考えずに続ける活動なので、芸は無駄なことと位置づけても良いと思う。

ところであまりお金をかけずにできる芸術に小説や漫画がある。これは主に当人が好きで行う活動であり、人から拘束されて行うということはあまり、というよりほとんどないだろう。なぜかと言えば、ほとんどモノにならないからだ。モノになるかどうかは食べていけるかどうかという基準で判断される。つまり、小説や漫画を創作することは本人の内面的楽しみであり自己実現であっても、利益を得ることにはつながり難い無駄な活動であるということができる。

絵や音楽はお金を使った無駄な活動、小説や漫画はただ好きだから突き進む無駄な活動である。この二つの共通点は、不特定多数の誰かに自身の芸を届けてみたいという目標が存在することだ。そして、その人の概念を披露するのではなく、感性を発信するものであるというところだ。

結果として彼らの芸は、彼らとはまったく違う場所にいる誰かの心を和らげたり、楽しませたりすることにつながる。自身の利益を考えず、誰かを幸せにする折り紙付きの無駄な活動であるということを改めて評価したいと思う。定常型（トントン）社会においては、人々のコミュニケーションを豊かにする芸は一層輝きを増す分野となるだろう。

挨拶は利益を求めない行為

子供の頃、大事なことだと言われ続け、させられていた挨拶が大人になるにしたがってできなくなってしまうのは、大事なことは経済的利益に結びつくものである、という社会観がその人の思考を支配してしまうからだろう。挨拶はお金にならないのである。

例えば、居酒屋で入店したお客さんに対して従業員皆が大きな声で「いらっしゃいませ。ようこそ。」と出迎えてくれるのは、それが従業員にとっては仕事、つまりお金のために行なわなければならない業務だからであり、それを承知しているからお客さんも挨拶を返すということはしない。

プライベートの空間で挨拶がお金を生むことは基本的にはない。もし、挨拶すれば国が給付金を出すとなれば、状況は激変するかもしれないが、そこで増えた挨拶は本来の目的とはかけ離れたものになるだろう。挨拶はそもそも自分にとっての利益を求めない行為なのである。利益を生まない行為なのに、大きな声を出したり、いつでもきちんとする、というルーチンにかなりのエネルギーを要するものなので、いつしかできなくなってしまうわけである。

子供の頃に「大事」なことという価値観を植え付けられなかったら、大人になってからも案外自然に続いたかもしれない。

改めて、今どうしたら挨拶を定着させられるのかを考えると、経済的利益を求めない行為だからこそ敢えてやり続けましょうと言いたい。相手にどんな影響を与えるかなど考えず、相手の存在に気づいたら理屈抜きで行っていきたい。個を重視する時代が続き、年々コミュニティの必要性が薄らいできてしまったが、定常型（トントン）社会への移行にあたり、コミュニティの中で自分の居場所を築く上でも、挨拶は不可欠なものである。

雑談・無駄話

雑談というのは、目的のない話を時間を制限せずに続けることである。『広辞苑』では、「さまざまの談話。とりとめのない会話。」とされており、特に決まった話題のないままに、気楽にコミュニケーションすることとも言えよう。一方で、無駄話は「役に立たない話」とされていて、益のないおしゃべりという感じである。

筆者は雑と無駄は対義語と考えているので、雑談と無駄話についてのこの解釈の仕方はやや不思議である。基本的に否定的な概念である「雑」が雑談になると、それなりに意味のある会話としての評価を得る一方、無駄話はあまり評価されていない。ただ、場合によっては雑談と無駄話は同義として使われることも少なくない。

さて、「利益を生まない」ならば、本書では無駄話を一生懸命かつ積極的に行っていくべき行動と捉えていきたい。益のあることのみを行おうとすることは資本主義的でリスクの高い行動だと考えると、これからの定常型（トントン）社会では、役に立たないと思うような話をすることが非常に重要になってくる可能性があるのではないだろうか。

少なくとも、話をしているということは、その際相手とのコミュニケーションを持てているわけで、人間関係の出発点として重要性がある。相手が嫌がっているのに積極的に話かけ続けることを無駄話とは言わないだろう。むしろ、相手と話が弾んでいると考える方が自然である。無駄話という言葉の中で無駄に費やしているのは時間であり、会話は成立しているからである。会話というのは相手があってこそ成立するものであり、自分には役に立たない話でも相手にとっては役に立つということも決して少なくないはずだ。話の内容に関わらず、コミュニケーションそのものの効用もある。

つまり、話の内容自体は益がなくとも、お互いのコミュニケーションは一定の成果を生

んでいるのであり、そこにホスピタリティ（相手への思いやり）が働いている可能性があるのだ。これは雑談も同様で、目的のある会話というものはお互いの利益を前提にしていることが多いのだが、これに対して無駄話や雑談はコミュニケーションそのものを目的とした利益を前提としない純粋な活動と考えることもできる。例えば、相手の話を長々と聴くことや、繰り返し同じことを聞かされたりした経験は誰でもあるだろう。つまり、そこでの言葉は伝達としての役割でなく、お互いの人間関係を保つツールになっているに過ぎない。聞き手は、話している相手のことを尊重して、我慢の時間を過ごすこともあるわけだが、これも無駄話だと考えれば、まさに無駄話は人の世に不可欠なものと

いえる。

無駄話という表現は、あくまで第三者の視点からのものであり、当事者同士は一期一会のかけがえのないコミュニケーションであることも決して少なくないのである。

代受苦と被災地支援

代受苦《だいじゅく》とは、仏や菩薩が衆生の苦しみを代わりに受けることを言い、仏法の教えである。例えば、どこかで災害があり被災した方々がいたとする。それは、被災しなかった自分たちの代わりに苦しみを受けてくれたのだと考え、そうした方々が代受苦を担っている、ということになる。だからこそ、無事でいられる自分たちは感謝の念を持って、被災した方々にできる限りのことをしなければならないのである。

知っている人がいるからとか、昔行ったことがある場所だからとか、過去のご縁に結び付けて被災地を支援する動機とされる方も多い。それはそれで至極当然なことであり、相手を思いやるという意味では尊い考え方である。

少しだけ厳しい解釈をすれば、そこに合理的発想が働いている可能性がある。つまり、「理由があるから支援をしようと考える」ということである。これに対して、代受苦の思考には何の理由もない。どこの誰かも分からないけれども災害に遭い苦しんでいる方、もしかしたら自分が被ったかもしれない苦しみを身代わりで受けてくださっている方…。その方々への感謝の思いで、できることをさせていただくだけなのである。

これは、まさに無駄の思想から生じた思いやりではないだろうか。決して見返りをもとめたものではなく、「させていただいて、それで終わり」の潔い行為なのだ。そこには得るべき利益は一切ない。だ

からこそ、精一杯やる覚悟も生じるのである。

運動会は無駄を生むステージ

小学校の運動会で、徒競走などの順位を競う競技では勝者・敗者をつくらずに平等にしていこうという議論が、この十数年されているらしい。実際には順位をつけることがほとんどのようで、いわゆる手つなぎゴール（皆で手をつないでゴールする）をしているところはあまりないようである。

競技で順位を競うことは子供たちの公平性を損ねるという判断があるようだが、この見方も、勝つことが何らかの利益につながるという資本主義的思い込みと無縁ではないような気がする。

運動会で1着になることは、皆が観ている前で一つの栄誉を勝ち取ることであり、その生徒は自己実現を遂げたということになるのだろう。その一方で、負けた2着以下の生徒は、勝ち負けだけを考えれば、無駄なことをしたということになる。特に、万年ビリの生

徒は負けることを織り込み済みで参加しなければならない。しかし、勝ち負けに関わらず、出場したすべての生徒は一生懸命全力を尽くす。無駄なことと分かっていながら、最後まで真剣に頑張る。だからこそ、観ている人たちは応援と賞賛を、その敗れた生徒たちに与えるのである。それは、最下位の選手に対して、より強くなる。自分にとってはまったく利益にならないことに一心に取り組む姿に感動を覚えるからである。

これは、順位をつけることで生じる大きな副産物、いや主産物なのかもしれない。なぜならば、負けた生徒がいて初めて、勝った生徒が生まれるからである。負けた生徒が頑張ったことで、勝った生徒のうれしさも強くなる。目に見えないところに不思議なコミュニケーションが生じ、敗者から勝者への無意識の思いやりのようなものも働いているのではないだろうか。だからこそ、運動会に居合わせた人は、日常の合理主義から解放されて、清々しい感動を持つのではないだろうか。

運動会で順位をつけることは、実は脱資本主義の思想を育むという見地から必要なことではないのかと思うのである。

心に残る無駄のシーン

小津安二郎監督は、昭和20年代から30年代に活躍した日本映画界の巨匠である。今なお、世界的に評価を受け続けている監督として多くの日本人の支持を集めており、小津作品は定期的に日本各地で上映されている。

小津作品の最大の魅力は、無駄なことを積極的に取り入れたことである。まったく意味のないような、景色とも言えない風景をずっとカメラを動かさずに撮り続ける。意味のないような会話を実にのんびりと語るといった場面が、必ず何シーンか出てくる。まさに、画面につき合わされてしまったという思いになるのだが、見終わると不思議な余韻が心に湧いてきて、無駄と感じた場面がいつまでも記憶から消えないのである。

合理性を排除してこうした場面にこだわった小津監督の感性は、恐るべきものであったと言わねばなるまい。映画の別の場面では、極めて合理性溢れる人物が必ず登場し、別の存在感を示すことで十分に無駄の出し入れをしていたのだということを感じるのである。

翻って、今のテレビ番組を見ると、合理性だけを前面に映像が作られていると感じられる。表面的に無駄なつくりをしていると思わせることは「悪」と考えているのだろう。しかし、合理的な場面の連続は、見る側《そば》からその内容を忘れていくという作用を私たちにもたらしてしまう。心に残るというイメージ自体なくなっていくようなのである。

クイズ番組などで大事な答えの場面の前には必ず

コマーシャルが入ることなども、顧客への配慮などなく、最も制作側の合理性を恥じらいなく全面に押し出した手法である。答えを見るまでは、チャンネルを変えさせないという拘束行為である。いかにスポンサーの広告を見せることができるかに執心しているのだろうが、あまりに露骨なので逆効果にもなっている。資本主義の合理性が働き、利益至上主義を前提にした番組作りとなっているわけだが、結果的に視聴者である顧客に配慮した良質な番組は追いやられていってしまうのである。

今こそ、無駄を大いにするのだという番組作りに是非挑戦してもらいたいものである。

特殊詐欺を無駄の徹底で防ぐ

オレオレ詐欺が広く発生するようになってから既に10年以上経つが、その時々の社会問題も取り入れつつ振込め詐欺や訪問詐欺など形を変えながら、お金を騙し取る犯罪が後を絶たない。

騙された人に話を聞くと、一度振込みをしてしまってから騙されたことに気付き、警察に届け出て、調書をとられている最中に新たなる振込み要請が携帯電話に入ってきても、警察は対応できないのだという。警察もおとり捜査などに時間を割く余裕はないのだろう。こうした被害を受けた人には、騙し取られたお金以上に失うものがある。自己嫌悪や対人恐怖など、深刻な心的外傷を受けてしまうのである。経済的損失ばかりか、人間の尊厳をも傷つける行為、許されない犯罪である。

表面的損害額を遥かに超える被害をもたらしている振込め詐欺を撲滅するには、資本主義の貨幣経済に汚染された現状から脱却できるように全国民の意識を改革する大手術をするしかない。具体的にはＡＴＭでの振込みを、ある期間禁止にしてしまうのである。振込め詐欺の被害者は95％が個人、つまり非事業者である。まずは個人のお金の支払いは、現金取引のみに限定する。次に、キャッシュカードではなく、一定の個人認証システムを通した人のみが銀行でお金を受け取ることができるようにする。更に言えば、一定額以上の受取りは現金ではなく、手形のように銀行でしか交換できないものにしてしまう。

極めて無駄の多い仕組みではあるが、不特定の誰かが介入できない形、あるいは介入したとしても追跡調査できる仕組みを作るのである。合理性を追求してきたことで生じる様々な詐欺は、裏を返せば非合理的なシステムには極めて弱いはずだ。同様に、お金を自由に交換する日常に慣れ過ぎた人々の意識は、余程ドラスティックなことをしなければ変

えることが難しいのである。だからこそ、今まで無駄とされてきたことの積み重ねを行うのである。

ただ、もっと簡単にこの事件を解決する方法がある。こうした特殊詐欺に遭うのは一人の時、つまり誰かと一緒にいない時である。詐欺にあった瞬間、相談する人がいれば騙されるということはほとんどなくなるのではないだろうか。人は一人だと、外からの刺激によって一瞬にして意識を不安定にしてしまう性があるからだ。

もし、すべての人々が孤独な環境から脱却すれば、特殊詐欺の問題は撲滅されるだろう。そのためには、無駄とされてきたコミュニケーションを丁寧に再構築する社会づくりを進めていかなければならないのではなかろうか。

テレビの超合理性

大手広告代理店の役員である友人が、新人の採用面接について興味深い話を聞かせてくれた。以前は、新聞についての話をすると、多くの学生たちが「読んでいません」ということで会話が成立しないことに失望したものだが、今はテレビを見ていない学生が主流になっているそうだ。

なぜ見ないのかと問うと、いつも途中から見なければならないからだというのだ。一瞬意味がよく理解できなかったが、自分の見たい時に見たいものを、インターネットで「初めから」見ることを当然としている学生にとっては、自分に合わせてくれないテレビは窮屈であるということなのだそうだ。学生たちに人気の業種であるメディアの面接で、そういうことを平気で言えるようになっているほどテレビは衰退してしまったのだろうか。

録画したテレビ番組を再生する時は、1・5倍速の早回しで見るのがコストパフォーマンスに優れていて便利、という若者も多いそうである。番組そのものをエンターテイメントとして楽しむよりも、コミュニケーションのための予習として内容を把握することを目的としているのであろうか。

映像の中の「間」こそ命、と考えた小津作品とは対極の話である。そこには音と音、声と声の余白や余韻を楽しんだり、悩んだりする文化性はない。そしてこれらの話は、突き詰めれば合理的思考を徹底的に刷り込まれた人たちの行動とも見えてくるのである。自分の求めるものだけを最優先に手に入れようとする個人主義の発露ともいえよう。無論それを悪いこととは言わないが、相手の立場を考えて自分ができることをしようとする生き方からは遠ざかっていくようで、一抹の寂しさを禁じ得ない。

無駄に過す時間の意義についても時々は論議して欲しいと願うばかりである。

居酒屋——合理性を脱却せよ

新型コロナウイルスの到来は、飲食店、特に居酒屋の経営に重大な損害を与えた。人々が密に集まり、大きな声を上げて語り合うというコミュニケーションそのものが否定され、その代表的な場である居酒屋で会話の潤滑油となる酒の自由な提供が禁止されてしまったのである。長く続いた会食の自粛は、人々の仕事の形、生活様式を大きく変え、居酒屋の

役割もコロナ前とは違うものにならざるを得ないのかもしれない。

そもそもお酒を飲むだけであれば、居酒屋がどれだけ安く提供したとしても、家で飲むよりは高い。居酒屋は格安を掲げ、顧客の金銭的合理性の追求に応え続けてきたのだが、価格面では家で飲むことには勝てないことを強く印象づけてしまったのである。これまでの居酒屋間での価格競争は無駄な営業努力であった、と言えなくもない。

一方、顧客は大勢で飲む場合も一人で飲む場合も、家で飲むことに比べれば無駄なお金を使って居酒屋で飲食をしていたことを認識した。家で飲むことが習慣となって、時間の経過とともに具体的に居酒屋の必要性も感じなくなってきたわけである。時間を拘束され、時には強引につき合わされた上でお金も使う。そのお金さえも家で飲むより高い。つまり、割安と感じた価格帯の意味に急速に重要性がなくなってしまったのである。

しかし、店と顧客がお互いに無駄なことをし続けてきたことこそが、改めて居酒屋というものを見直す契機になるという予感もある。つまり、ただ安く飲めるからということではなく、人と人との心の触れ合いの場としての居酒屋の在り様をシンプルに追及していく覚悟ができたのではないか、ということである。

ただ安いということでなく、良質なコミュニケーションの場を提供することを最優先した店づくりができれば、改めて無駄なお金を使う人々が集うのではないだろうか。その時は、居酒屋の経営者の側でも、新しい発想で無駄な投資をしての魅力ある店づくりに踏み切ることができるのではないだろうか。

インターネットでの合理的な飲み会に、新たな疲れを感じている人も決して少なくないはずである。純粋な無駄話を楽しめる場としての居酒屋こそ、求められる将来の姿である。

修行とは無駄を受け入れること

修行という言葉を『広辞苑』で引くと、「悟りを求めて仏の教えを実践すること」とあり、更に「精神をきたえ、学問・技芸などを修めみがくこと」とされている。いずれの意味も、ある目的を達成するために個人が努力をすることであり、言葉の上では結果を求めての合理的活動ということができるかもしれない。

しかし、仏教では夏安居・冬安居など気候の厳しい時に一定期間一か所に籠って修行をしたり、往復48㎞の山道を千日間歩き続ける千日回峰行などの常識では考えられない荒修行もある。これらは、自らの精神を鍛えるために肉体をいじめ抜くという、合理性を廃除した無駄な活動ということができるだろう。

人間の生身を成長させるには理屈で考えた合理性では通用しないということは、歴史的に動かざる真理のようである。プロ野球のキャンプは選手を徹底的に「しごく」ことで有名だが、若き日の長嶋監督が実施した「地獄の伊東キャンプ」では参加選手は自力では立てないほどの猛練習を課され、その後多くの選手が急成長したことなども語り草になった。

大切なことは、その修行に一生懸命取り組むということであり、それは同時に本人が自

覚してその修行を受け入れているということにつながっていく。そこでは心と体にその苦痛を受けとめる準備がなされているわけで、こうした態勢がとれれば怪我をしたり病気になることも少なくなる。
その行いが自分にとって無駄なことであることを自然に受け入れて、一生懸命それを続けた時、人は何かを得るということなのだろう。それは自分を信じ、自分を裏切らない努力を続けた人に与えられる結果であり、あるモノを得るため、つまり利益を目的とした経済的活動とはまったく異なる非合理的活動といえるのだろう。
こうした修行を経験した人は、真の幸せを得るのかもしれない。

ボケ役は無駄の求道者

最近テレビを見るとバラエティー番組が非常に多く、夜の時間帯は必ずどこかのチャンネルで芸能人がクイズをしたり、内輪話をしたり、遠くの町を訪ねたりといった内容のものが流れている。

芸能人はプロの芸をすることが本来の仕事と考えると、その芸をあまり必要としない活動ばかりのようで不思議議である。それでも、その場のトークで瞬間的に鋭い切れ味の受け応えができるのは、やはり一つの芸と言えるのだろう。その際感じるのは、合理的発想の答えよりも質問に対して非合理的な回答をした時の方が、笑いが拡がるということである。つまり、求められたことに必ずしも的確に答えているわけではないが、むしろ、客観的に見れば奥の深い、それでいて決して深い意味のあるわけでもない回答が受けるのである。これは、漫才のボケ役の答え方と似ているようでもある。

ツッコミが言ったことに合理的に反応していたら、観客の笑いはとれない。ボケにはならないのである。予定されていない答えを、道を変えながら、いかに捻りだしていくのかがボケ役の真髄であり、答えとしては益のないこと、すなわち無駄な答えこそ最も求められているのである。ボケがコンビの主役であるのは、この非合理的な言葉をいうことができるからである。

一生懸命に無駄な答えを出すことに、芸の王道が隠れているのではないだろうか。

流行語と無駄を育むコミュニケーション

「だっちゅう〜の」「なんでだろ〜」「そんなの関係ねえ」「今でしょ」「ダメよダメダメ」「そだね〜」日本中で一時期幅広く使われた言葉、つまり流行語である。どの言葉もそれ以前から当り前に使用されていたものだが、ある人がある状況で繰り返し使った時、新しい命を得たのである。これらは、純粋な新語ではない。つまり、他の言葉でも、使い方によっていくらでも流行語が生れる可能性があるところが重要である。

言葉は概念であり、自分の考えていることが相手から共通した理解を得るために、瞬時に選んで伝えるための道具である。結果的に、自身の感性をそのまま伝えようとすると上手く伝わらないので、なるべく普遍的な言葉に置き換える作業をする。

例えば、桜を見て感動した時に息がつまったり、涙が出たり、大声を上げたり、本人としては自分だけに何か大きな異変が起きたと感じた場合でも、相手にその感動を伝える時は「とても綺麗だった」という程度にまとまってしまう。これが、日常の言葉のコミュニケーションである。

先に挙げた流行語では、そういった日常会話で営まれる合理性を排除してしまっている。

ある場面・ある関係の時に多くの人が共通して感じる何かを、この一言のフレーズが巧みに集約してくれる。言い換えれば、合理性のない言葉が発言者の使いたいタイミングで自由な生を得たのである。その言葉を「創作」したテレビの中の有名人が、合理性なく感性で繰り返すこのフレーズに強く共鳴し、今度は自分の環境の中で上手に活用しようとする。合理的な会話を超越した無駄なコミュニケーションを、既に共有している流行語を使って、人々はそれぞれの人間関係の中で楽しむのである。

概念の世界から解放された流行語は、人の心をリラックスしてくれる効果がある。単なる言葉の伝達を目的としないこの無駄なコミュニケーションこそ、定常型（トントン）社会において人間同士が心を通わせる手段になるのではないだろうか。これからもっと数多くの楽しい流行語が生まれることを期待したい。生み出された流行語の数に比例して、コミュニケーションは間違いなく活性化されるだろう。

タバコのポイ捨てを拾う人

受動喫煙防止法（改正健康増進法）が施行され、全国どこにおいても所構わず喫煙をするという風景は少なくなった。しかし、屋内での喫煙が強く抑制された反動で、屋外の喫煙は場所によってはむしろ拡がっている。そして、路上へのタバコのポイ捨ては決して減ることはないのである。

清掃ボランティアの方々を始め多くの人たちが、ポイ捨てされたタバコの吸い殻拾いをされている。筆者が代表理事を務める公益社団法人受動喫煙撲滅機構の理事でもある渡辺文学氏は、半世紀近く受動喫煙撲滅を主張し続けている知る人ぞ知る禁煙活動家だが、地元の世田谷区烏山でタバコの吸い殻拾いを続けられていて、約2年間で4万本を拾ったとの報告をいただいた。

　毎日欠かさずこの活動を続けて来られた文学氏こそ、まさに筋金入りの公益活動家と言えるだろう。どこかの誰かが無神経、無責任に捨てた吸い殻を、何の義務も利益もないのに拾い続ける。それでもまた、誰かが捨てる。そして、それをまた拾う。これこそ、実に無駄な行動であろう。そして、不特定多数の人々に対する思いやり溢れる生き様であろう。

　タバコをポイ捨てする人は、こうした無駄な活動をし続ける人のことに少しでも思いを馳せて欲しい。間違っても「掃除をする人がいるのだから、捨ててもいいじゃないか」などと身勝手で合理的な考えを働かせないでほしい。純粋な思いやりの心から無駄なことを一生懸命している人の存在を、心に刻んでもらいたいのである。

電車内の風景——合理性の養成所

電車に乗っていると、ほとんどの人が携帯電話を触っていることに気づく。20世紀にはまったくなかった光景が日本中で当然のように繰り広げられているのだが、これはどのくらいその人たちの生活、あるいは人生に影響を与えるようになったのであろうか。

筆者の価値観から言うと、ゲームをしている人は初めから無駄なことをしていると認識しているという意味で、まだリスクは少ない。しかし、誰かとの伝達手段として積極的な思考でメールを打っている場合は、かなりマイナスな活動になっているように感じる。メールは、最短の情報交換以外は、その内容にかかわらず、相手とのコミュニケーションに不調を生じさせる原因となる可能性が少なくないからである。

ずっと携帯をいじっているということは、そのリスクが大きくなる。そもそも、昔はそんなことをする必要はなかったわけで、いつでも相手に連絡できるようになったら急に用事が増えるというものでもあるまいし、メールを打つことで何かが大きく良い方に変わるはずもない。電車内でのメールには、自分の暇つぶしのために送っているという自分本位の合理的思考が色濃く出ているのである。

メールにより様々な場面で相手とつながりやすくなってはいても、本来顔を合わせて行うべきコミュニケーションがより豊かになる可能性は極めて低い。何度も言うが、人はメールで自らの言葉を正確に、かつ相手の立場に立って伝達するための訓練がなされていない。

メールを打てば打つほど、やりとりのどこかで相手との関係にトラブルを起こす可能性があるにも関わらず、自分の心にひととき安心をもたらすためだけにメールを送信し続けているのである。また、メールを打ち、送信して一方的に納得し、本来いろいろ考えておくべき送った先の相手の状況について、意識が遠ざかってしまうということもあろう。相手と向き合って「サヨナラ」と言う儀式があるわけではないので当然であるが、自分自身は一方的に相手の顔を脳から消してしまう。相手への気遣いが見えてこないのである。

ところで、ゲームをしたり、メールを打つなど携帯電話に没頭することは、乗車時間を合理的に使っているようでいて、実は時間の使い方としては決して安心できるものではない。世の中はそれほど安全ではない。見知らぬ人たちの中で過す時は、自己をフリーな状態にして置くことで周りの異変に対して五感を働かせることが必要である。つまり、ただ電車に乗って周りを見ているという無駄な時間を持つだけでも、状況の変化に応じた次への備えができるわけである。携帯電話に没頭することは、安全性という面からもリスクがあると言えるだろう。

日本企業に必要な無駄の思想

多くの日本企業は異常ともいえる内部留保を抱えている。内部留保とは、儲けた額をそのまま社内で蓄えている金額をいう。財務上過剰な貯えを持っているにも関わらず、これを投資に振り分けようとしない。いわんや、社会貢献のために使うことなどほとんどない。戦後の高度経済成長の時代、失敗を重ねた中から成功を掴み、大きく駆け上がっていった起業家エネルギーは既にまったくといっていいほどなく、サラリーマン経営者の下いかに失敗しないで利益を残していくかという合理的な経営ばかりが、すべてにおいて優先されるようになってしまった。これも、バブル経済の破綻、リーマンショックと、いくつかの経済事件を経て自然に身に付けた習いなのかもしれないが、これらは基本的に資本主義の枠内での思想であり、既にこの資本主義の在り方が大きく変動している今、新たな舵を切らなければいかに投資を控えて傍観者で過ごそうとしても企業の存続は厳しくなっていく様相である。

具体的には、株主最優先主義から脱却し、顧客・社員・取引先・地域・行政・環境と、あらゆるステークホルダー（利害関係者）に対する配慮が絶対条件となってきているのである。それは、企業が株主の論理だけでなんでも合理的に進めてはいけない時代の幕開けであり、相手の立場を考える思いやりがすべてにおいて優先される社会の到来である。

そこでは、目先の利益や思わくで動くのではなく、思慮深く視野を拡げてステークホルダーが求めていることをしっかりと見つめていく経営が必要になる。まさに、企業は無駄と承知の時間を彼らのために捧げていかなければならないのである。それが、最終的に企業の利益と結びつくということも、既に世界中で多くの企業が体現している。合理的に利益を最優先に追求するのでなく、無駄であることを前提に、最初にステークホルダーのことを考えていくべきであるという格言が日本には古くからある。その格言「情けは人の為ならず」は、まさに今の日本企業に問われる定常型（トントン）社会での企業理念と言えるだろう。

寄付の理念が資本主義を変える

寄付をするという行為は、基本的に自分のお金を何の見返りもなく供出するということであり、経済的利益を至上目的とする資本主義社会においては非常にデリケートなテーマである。日本においても明治・大正の頃までは、多くの資産家や人格者が地域の振興のために巨額の富を投げ打つということが珍しくなかったが、戦後資本主義社会が成熟化していく中で、社会的な支援は行政が行うべきもので一個人が行うものではない、という思想が定着した。

企業においても、企業とは株主のためのもので、稼いだ利益を社会のために吐き出すなどむしろやってはいけない行為との認識で現在に至っている。行政も、寄付をした個人や法人を優遇することには極めて冷淡で、行政の手が回らないから代りにやってくれている人々に対する尊敬も謝意もない制度を作っていった。寄付をしても税金の控除は極わずかで、納税者が社会のために進んで寄付をすることで納税額が減ることを行政は絶対に容認していないのである。

行政が唯一積極的に進めたふるさと納税は、自分が支援したい地域に寄付をしようとい

う制度だが、寄付とは名ばかりで納税者が納める税金を別の地域に付け替えただけに過ぎず、欲しい商品を合理的にただでもらうだけの制度である。制度を利用する人は、納税額が持ち出しになるような寄付をするわけではなく、寄付とは最も乖離した資本主義的な取引なのである。国が権限に固執せず速やかに地方に予算を委譲すれば返礼品として流出する税金は無いのである。

寄付は主観で行うことが多いだけに、本当に公益性があるのか、貰う側がしっかりそれを活かせるのか、更には見せかけだけの虚偽の行為ではないのか等、寄付行為を消極的にさせる性悪説の理屈が外部からささやきかける土壊ができると、寄付をする側も「寄付をすることが本当にみんなのためになるのだろうか」と懐疑的になってしまう。そして寄付をすることで明らかに自身の経済的な損失につながるというマイナス思考ばかりが強まっていく。往々にして無駄なお金は使わないという資本主義的結論を導き出してしまうのである。

このように寄付文化が育たないようにしてしまった行政の罪は重いが、国民は新しい時代、つまり、資本主義的思考を変えていかなければならない定常型（トントン）社会においては、自らの意思で寄付をすることの意義を見極めていかなければならない。不特定多数の人たちすべてが幸せになるための活動、即ち公益活動への参加も求められる。これからの時代、最も重要な寄付の対象は、環境汚染・自然破壊から地球を守り未来の人々を救う活動、である。

自らのお金は無駄遣いしてこそ将来のために活きる、という寄付の思想を育てていかなければならない。

情けは人の為ならず

「情けは人の為ならず」という格言は、まさに無駄なことを実践しましょうというメッセージである。『広辞苑』によれば、「情けを人にかけておけば、めぐりめぐって自分によい報いが来る」という意である。この格言に基づいて行動して、結果的に自分のために幸運がもたらされるならば、それは合理的な判断の成果ということになるのだが、やはり情けをかけても何の報いも無いことがほとんどだと人は感じているから、実際に行動を起こすことは難しい。つまり、行動しないことが合理的な判断なのであり、現代人は潜在的に合理的にモノを考える癖が染みついているので、この格言の実践のハードルは高い。

ところで、「無駄なことをする」思考からこのことを考えると、少し深い所が見えてくる。ここで言う情けとは、相手に対する思いやりである。自分を中心とした合理的判断をせずに、相手が困っている時、辛い時、悩んでいる時に、相手と一緒にその原因について考える、あるいは具体的に助けてあげるという行動が無意識にできるかどうかは、基本的にその人の資質であろう。しかし、無駄だと思うことを厭わないでやる習慣がついていれば、誰でも自然に行動に移ることができるはずだと筆者は考えている。

つまり、積極的に無駄を肯定する思考を養うことが重要なのである。無駄だと思うことをストレスなく進んで行うことができれば、その人は必ず豊かな環境の中で人生を過ごしていけるだろう。もちろん、ある時に行った一つの思いやりですぐに結果が出るのは難しいかもしれないが、自分にとっては無駄だと思うことを人に対して自然にしてあげることができれば、必ず様々な場面でよい報いがあるだろう。

「情けは人の為ならず」とは、無駄を承知で一生懸命実践し続けた人に、長い熟成期間の後に実りがもたらされることなのである。

エッセンシャルワーカーの時代

新型コロナウイルスの蔓延で、エッセンシャルワーカー・エッセンシャルワークという言葉が人々の口に度々上るようになってきた。医療従事者を始め介護・保育・運輸・ライフライン関係など人々が社会生活をする上で不可欠な事業に従事している方々のことである。新型コロナウイルスのために緊急事態宣言が発令されても、エッセンシャルワーカー

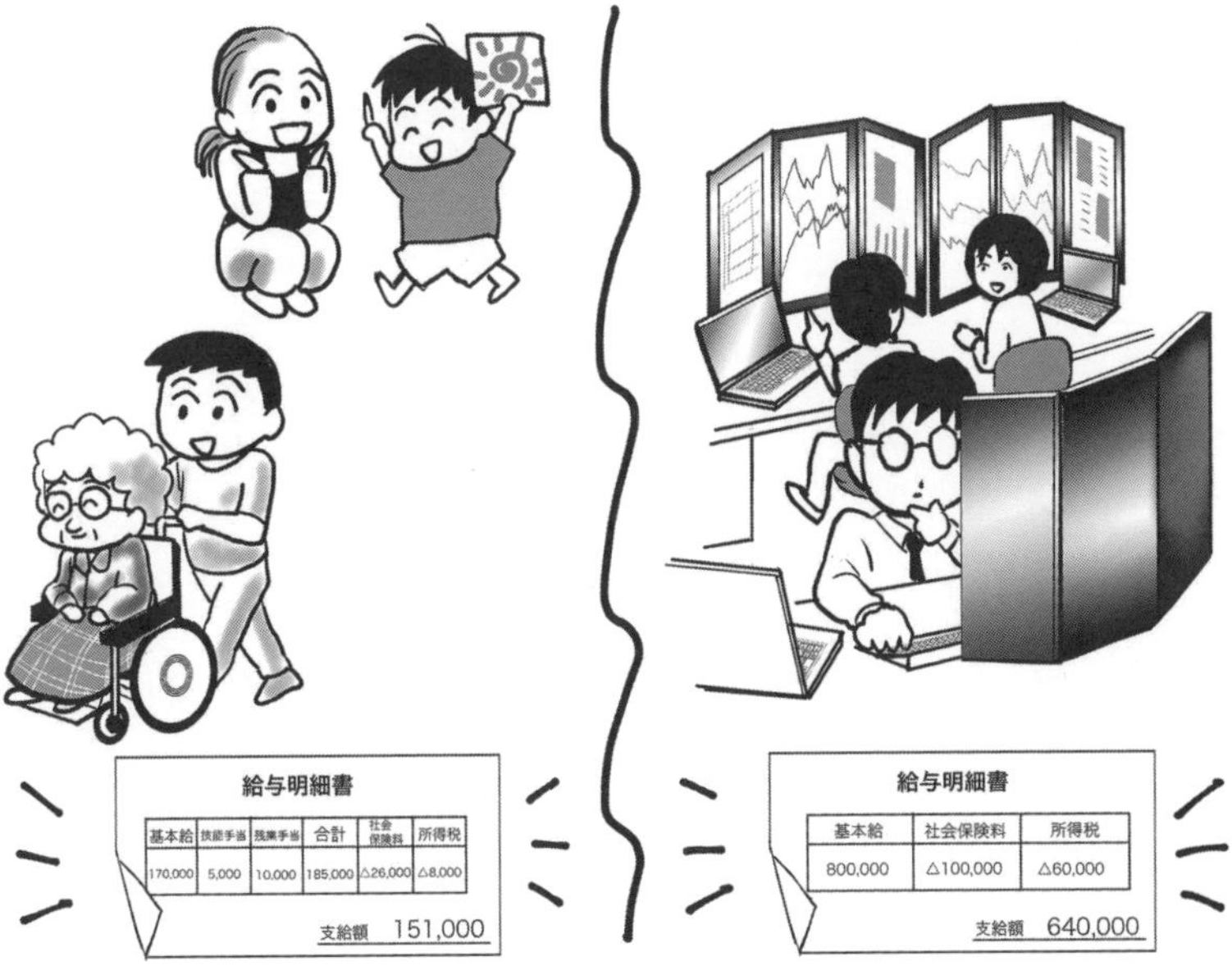

の方々は仕事を休むわけにもいかず、感染リスクを負いながら仕事を続ける姿に、社会から強い感謝の声が上った。一方で、こうした人たちからの感染を懸念して心無い差別も生じ、人の心の暗い部分が明らかになってしまった。

合わせて、大きな論点となったのが、エッセンシャルワーカーの給料の安さ、労働環境の劣悪さである。この10〜20年、金融・通信・広告・その他様々なサービス業、つまり社会的に緊急性のない仕事、シンプルに言えば働く人間がどうしても必要とは言えない仕事に従事する人の給料だけが高額になり、それに比べてエッセンシャルワークを始め人々の生活に欠かせない仕事をする人の給料が低いことが鮮明になっている。某銀行で生じたＡＴＭの全国的故障時に、その銀行の行員がずっと不在だったために顧客を待たせ続けたことなどは顕著な例で、エッセンシャルワークだったら許されないことだ。

コロナ禍のような状況でも人が従事しなければ成立しない仕事がたくさんあるということが明確になったのは、仕事の個別価値を見つめ直す一つの転機なのではないだろうか。資本主義の合理性が優先され、自分のすべき労働の意義を考え行動するという本来の形が薄れて、労働者は限られた部分だけを担うロボットと化してしまった。

労働における人間の自律性を根底に持っているエッセンシャルワーカーこそ、持続可能な社会においてアドバンテージを与えられなければならない業種なのである。なぜ、業種によって給料の格差が生じているのかというと、資本主義社会の論理にかなった事業には儲けのシステムが優先的に作られたからに過ぎない。

つまり、マルクスが唱えた「価値」と「使用価値」の違いである。市場が作り上げた架空の「価値」で人間の本質的労働を必要としない仕事が異常に儲かり、本来の「使用価値」のあるエッセンシャルワークに対する評価が勝手に引き下げられているのである。このくだらない迷信とでもいうべき思考を打ち破るためには、国が仕事の質に応じた報酬額や課税の在り方について抜本的な変革を示すしかないだろう。

医療を始め、まず国が定めている報酬の計算方式を見直し、エッセンシャルワーカーの収入を大幅増させる手続きが急務である。国は、儲からないこと、つまり無駄であることを敢えてしている人々の仕事の価値を正当に評価しなければならない、という方針をしっかり掲げることが大切である。

公益法人の基準の謎

公益活動は営利活動とは一線を画し、儲けるという概念を潔く切り捨てたものであると考えられている。ところが、日本では平成18年の公益法人改革において、新たに公益社団法人・公益財団法人という器を作ることについて資本主義的思考を導入し、収支相償という実に奇怪な概念を公益性の判断基準として作り出したのである。

収支相償とは「公益事業を行うために必要な費用を償う額を超える収入を得てはならない」という意味である。つまり、「絶対に儲けてはいけない」と言っているのだが、ここには三つの大きな矛盾がある。

一つ目は、不特定多数の人々のために意義のある仕事をした結果、たまたま利益が生まれてしまったとしても公益性の是非とは関係ないはずなのに、それを否定しているという点である。つまり、利益が生まれるような公益活動はしてはいけない、と言っているのである。

二つ目は、公益活動をすることで多くの費用を使うのに、収益がまったくない、あるいは極めて少ないことは好ましくないから、そこそこは稼げ、と言っていることである。公益活動は利益獲得を予定しないことが前提だが、活動にあたっては営利法人のように利益を得る仕組みを作れ、というのだろうか。

三つ目は、事業を行うことで最終的に帳尻を合わせるようにと、あたかも事業の成果が約束されたものであるかのごとく定義づけていることである。

これらの考えは、公益法人は絶対に利益を上げてはならないと牽制しているようでいて実は、利益を前提に事業を考えなければならない、という資本主義の合理的思考にどっぷり浸かったものなのである。そもそも公益を行なう者が公益活動と利益を生む活動を結び付けて考えている方が例外であろうし、結果として利益が生じたとしても、その利益を次の公益活動に使えば良いだけのことなので、何ら問題視する必要はないのである。

行政は、公益法人を育てるという基本姿勢をもたず、取り締まることを前提に考えているようである。こんなことでは、公益活動を行うという気運は生まれるはずがない。公益法人改革は、一見民間主導の社会を目指しているようでいて、財務をコントロールできなければ公益事業を認めないという一方的な強権システムであり、公益活動を国の管理下に置くという独裁的体制を作り上げたのである。

日本の行政府が公益というものをこのような稚拙な概念で捉えているということに驚きを禁じ得ない。公益活動は合理性とは対極にある人間的活動であり、これに携わる人々は全力で無駄な（自分の利益のためではない）努力を惜しみなく行なっている。資本主義とは決別し、渋沢栄一の唱えた、不特定多数の者に対して社会正義を貫く道徳を掲げて、公益法人は進まなければならない。

銀行の信用は合理性の否定から

Ａさんが１００万円を銀行に預金して、銀行はその１００万円をＢさんに貸付する。Ｂさんはそのお金で機械を買い、機械を１００万円でＢさんに売ったＣさんは、その１００万円をまた銀行に預ける。銀行は預金残高が２００万円になり、その内の１００万円をまた誰かに貸し付ける。

これを繰り返せば、実際のお金は１００万円だけでも、銀行はその何倍もの預金を獲得し、そのお金を市中に広めることが出来る。これが信用の創造であり、現物のお金が無くても銀行は商売が可能になるのである。これは、銀行は社会において信用できる存在だとして国家がお墨付きを与えているからであり、銀行もその本分を守り、通常の事業者では出来ないような無駄なことも進んで行ない、「世のため」「人のため」を掲げて事業を営んで来た。

ところが、資本主義の過度な膨張は銀行にその与えられた役割を忘れさせ、銀行は自らマネーゲームの主体者となって投機をするようになってしまった。その結果、日本では住専問題、米国ではリーマンショックと大きな金融危機が生じたが、政府は公的資金、即ち税金を投入して銀行を救済した。実際には手元にないお金を、あるものとしてむやみに使いまくったことで銀行存在の本質でもある信用の創造の破綻を引き起こしたにも関わらず、その罪は問われなかった。

日本でもアメリカでも、銀行の経営者の身分は救済され、その後のビジネス社会でも特別な地位が与えられたが、その裏では急激な経済的格差が拡がり、貧困層は拡大している。納税者の生活する権利は、銀行の信用を守るために極めて軽く扱われたようである。

銀行が目先の利益ばかりを追い、そのための合理的取引に手を染めたことは銀行の経営者に見識がなかったと言う他ないが、その背景には、落ち着いて無駄なことをしようとすること、即ち自分たちを信じてくれるすべての人々を思いやるということを忘れてしまったことがあるのではないだろうか。

銀行が改めて自らの役割を認識しなければ、必ずや新たな金融危機が生じるだろう。

感染症対策と真の合理性

新型コロナウイルスの蔓延で、島国である日本のアドバンテージは生かされなかった。鎖国という歴史的に極めて優れた政策を経験しているにも関わらず、感染者の入国を水際で食い止められない日本政府の組織運営の脆弱さは、悲しいことだが開国後の歴史の中で、こうした対策に進歩がなかったことが露呈した。

幕末、来日する西洋人が急激に増え、感染症の「コロリ」ことコレラが江戸を中心に大流行した史実がある。未知なる病気に国中で恐慌が起こり、「外国人を日本に入れるな」「日本を守れ」という攘夷思想が孝明天皇を頂点に広く叫ばれるようになった。学校で日本史を学んだ記憶では、外国人を闇雲に排斥しようとしたやや野蛮な思想と理解していたが、今の日本の状況を見ると、攘夷思想は率直に日本人の命を守る当然の行為だったとも思えてくる。文化・教育水準が世界でもトップレベルだったと言われる江戸時代の日本人は、しごく当然な思想を持っていたのである。

世界史を遡ると、インカ帝国が僅かな人数のスペイン人に滅ぼされてしまったのも、実はスペイン人が持ち込んだ感染症によってインカ人のほとんどが死亡したことが原因と言

われている。免疫のない人々が感染症から身を守るには、感染している人と接しないということしか方法がないのである。

さて、明治維新を迎え、合理的に西洋文化を取り入れることに終始した日本だが、感染症については、島国の特性を生かすことなく、実に非合理的な思考で対策を続けていることは皮肉である。感染症における真の合理性は、無駄の思想とも決して矛盾しないものかもしれない。

江戸時代の多くの文化は、無駄を尊んできた。そうした中で、医師たちも独自の方法で西洋医学を取り入れ、感染症にも命を懸けて的確に対応していた。信念のない政治家や官僚の不見識で、長い歴史の中で培われた日本の医療と公衆衛生の伝統が歪められないように、私たちは見守っていかなければならないだろう。

無駄が必要な車社会

無駄の対極にある合理性について考える時、日本社会の経済的合理性を徹底的に推し進めたのがクルマ文明であるといえよう。経済を成長させるための筆頭としてクルマ産業を育成した日本は、世界有数のクルマ保有国となり、建設・土木・流通・運輸など数多くの関連業種を巻き込んで巨大なクルママーケットを築き上げた。

もはやクルマ無しでの生活設計はあり得ない。しかし、本項ではクルマに依存することのリスクを徹底的に考えた上で、次の時代を見据えていかなければならないということを論じたい。

「クルマ社会は人々の生活を豊かにする」というポジティブな思想は、日本国内に宗教のごとく蔓延し、否定的な見解は少数意見として押し込められてきた。しかし今、ひたすら合理性を追求して築き上げたクルマ社会のためのシステムは、取り返しのつかないほど厳しい現実を突きつけられている。結論的に言えば、人々の文化的暮らしは、「クルマありき」という方針だけでは達成できなかったということである。さらに、そのツケは将来にわたって過速度的に大きくなっていくだろうと思われる。

　交通戦争当時と比べれば大きく減少したとはいえ、今なおクルマによる死亡事故件数は他の疾病と比較して膨大であり、クルマが発する二酸化炭素を始めとする環境汚染は深刻な被害を社会に与えている。また、世界的にもクルマによる環境破壊は少なくないことが明らかになってきている。クルマを作るための化石燃料の消費、

クルマが通る道を作るための森林の伐採など、生態系にまで被害を与える負の活動が日々続けられてきた。

さらに、日本においては、クルマを前提とした街づくりの弊害が深刻である。アメリカの影響を受けて進んだ戦後の日本の都市開発は、生活の潤いの場・人々のコミュニケーションの場としての街の機能を徹底的に壊滅させてしまった。しかも皮肉なことに、経済が成長を止めるのと軌を一にして、クルマが活用しやすいように整備された多くの商店街が衰退してしまい、使い物にならない街が急速に増え続けているのである。クルマの数が増え交通規制の強化が進むと、クルマを活用するためのスペースの手当てが中途半端であったことで、郊外型のショッピングモールに顧客を奪われるようになってしまったのである。

そして今、超高齢化時代を迎え、認知症ドライバーによる事故が急増している。しかし、地域によっては合理化の名の下に電車もバスも廃止され、日常の買物に行くにも自家用車しか手段がないという現実がある。

様々な公害、環境汚染、そしてコミュニティの破壊と、クルマの成してきた罪は果てしなく大きい。経済合理性の追求が、これほどまでに人々の幸福を阻害する要因になるとは、誰も気づかなかったのだろう。今、無駄を受け入れた人々の有機的な生活様式について、一旦クルマを除外して真剣に考えるべき時かも知れない。

災害ボランティアと対極にある合理性

災害が起こると、被災者の捜索や住宅復旧など様々な場面で災害ボランティアの方々が駆けつける。彼らの勇気と優しさには、いつも頭が下がる。しかし、こうした方々への経済的利益はまったく補償されていない。フィーが払われるどころか、交通費や消耗品費、更には仕事を休んだことによる減給などの損失は、すべて自己負担である。つまり、活動に参加することに対する国や会社と本人との有機的契約はまったくないのである。

経済的利益を得ることを目的としない仕事は、通常あり得ない。彼らの活動は、重大な使命を担っている大変な仕事であるはずなのに、仕事とは見なされていないことになる。つまり、資本主義的観点からは、彼らは無駄なことをしているのである。はっきり得られたと言えるのは、自己実現という達成感くらいであろう。彼らは何物にも代え難い使命感を抱いて、災害現場に臨んでいるのである。

さて、災害ボランティアの方々の行為がなぜ尊いのかは、この無駄なことをしているという観点からはっきりフォーカスできる。つまり、人が潜在的に持っている「自分が働くこと」に関する合理的基準を無視して行動するからである。しかも、これは自身の本来の

仕事以上に厳しい作業であろう。特定の誰かのためではなく、縁もゆかりもない不特定多数の誰かのために、自らの肉体と精神を提供するからである。

災害ボランティアの方々は自らの合理性を封じ、目に見えない誰かのために役割を担う。ここにこそ、最上の無駄があると考える。誰もが日常の中でもこの視点を持つことができれば、社会は思いやりに溢れた幸せの場になるのだが。

公益活動には、無駄なことを進んで行おうとする自己統制意識が必要である。日本では、こうした教育がほとんど実践されていないことは、非常に残念である。

公益法人改革の合理的な失敗

平成の中頃に行なわれた公益法人改革では、これまで一般の人が設立することが非常に難しかった社団法人・財団法人について、公益と一般の二つに分類し、公益社団法人（公益財団法人も含む、以下同様）も要件を満たせば誰でも簡単に設立できるようになった。これは、天下り防止という行政改革の側面もあるが、公益の担い手を広く民間から求めるという大きな理想があったからである。これにより、新たな公益社団法人が数多く設立されたが、その後の結果は、公益社会の実現に向けた活動としては極めて物足りないものとなった。公益活動とは、無駄であることを承知で行う活動であり、合理的に事業を行わなければならないという考え自体、まったく合理性がないのである。

その事業が公益であるかどうかという認定は国や都道府県が行なうが、その公益性の見極めは画一的・合理的で、公益活動において最も大切な「人を思いやる心」は置き忘れられてしまった。具体的には、ある公益活動を認定された公益社団法人が類似の公益活動をしようとする時、「活動内容を変更します」という認定を行政から改めて受けていなければ罰金を科す、などという非常識な決まりが作られてしまったのである。

筆者が代表理事を務めていた公益社団法人東日本大震災雇用・教育・健康支援機構も、熊本地震の支援を行なったら、「目的外の活動だ」と内閣府から指摘を受けた。一切、国から補助金をもらっていない自主的活動であるにもかかわらず、である。我々の活動を性悪説で捉えているということなのだろうか。また、公益活動による収益が費用を上回らないこと、つまり、利益を上げてはいけないということも厳格に求められた。一方で、大きな赤字を出して財政上不健全になることも許されない。

そもそも、利益獲得を目的として活動している営利法人でも利益を上げることが困難な時代に、不特定多数の人々の幸せのために活動し、利益や損失など二の次、三の次である公益法人が、上手に利益を作ることなどできるわけがないのだ。

極めて合理的な判断で公益活動を強いる行政に対し抗うには、いかに無駄なことを大切にしていくかという民間の心意気が必要である。公益活動の重要性は、公益法人改革のあった頃より遥かに大きくなっている。日本の将来を直視しない行政の思わくを超えて、改めて国民は一人一人が自身の公益活動への向き合い方について考えていかなければならないだろう。

会計検査院の言う無駄遣いとは

会計検査院は、国の収入と支出の決算を調べて、行政の活動に無駄遣いがないように取り締まる機関である。国が関わる多種多様の組織の実態を調べて、不当なお金の使い方をしていないか細かく見ていくわけだが、毎年省庁ごとに不適切に使われたとされる金額が公表されるので、多くの人が情報としてはそれなりにその活動を目にしているはずだ。

ところで、ここで言う無駄遣いは、本書で言っている無駄とは性質が異なる。本来、国の事業は国民の税金を国民の生活の向上のために使用するものである。つまり、国の税金を使用するにあたり、国として利益を上げることは予定していない。常に、お金を使った結果として、国民が幸せになることだけを目的としているのである。

そもそも、主権者である国民が、その従僕たる行政にこうした事業を代行させているのであり、預託された税金は国民のために使われなければならない。つまり、行政の立場から見れば、どれも自らの利益を上げるという概念を必要としない無駄遣いでよいのである。

一方で、税金が国民のために使われなかったということになれば、行政が自らの使命に背いてお金を消滅させてしまったわけであり、自らにとっては益のないことをした無駄と

はまったく異なり、仮に過失であったとしても、国民の預託を裏切っているということになる。つまり無駄遣いではなく、不正支出である。

話は変わるが、最近は公共交通機関に多くの広告が貼り付けられ、施設や駅名に企業の名前が冠されて行政へ収入が入る。一見、行政には財政上の合理性があるように見えるが、こうしたことは市民共有の場であることの権威を減じ、特定の者による私物化に当たるのではないだろうか。市場原理をもって広告代・看板料など一定の料金を払いさえすれば何であっても公的な場に入り込んでくるということは、「公共施設とは常に平等であり無駄があり安心できる場である」ととらえてきた市民の誇りを衰えさせていくのではないだろうか。これもまたお金の出ていかない無駄遣いと言えるのではないだろうか。

さて、行政の不正行為はいつも大目に見られ、その時だけの問題として忘れられていく。それで済ませることなく、会計検査院から指摘を受けた部署のその後の動向について厳しい目で見ていくことが、国民の使命であろう。

デモは非合理的だからこそ大切

デモとはデモンストレーションの略だが、独立した趣意として示威行進をいう。示威行進とは、「威力を示すこと。気勢を見せること」とされる。一般的認識としては、公の場で共通の主張を持つ集団が声を上げげたり、プラカードを持ったり、スピーカーなどを使って演説を行うことである。今も、世界中で平和や環境保護を求めるデモが頻繁に行われている。

日本でもメーデーなどを中心に度々繰り返されてきたが、デモのためのデモというか、儀式化されたものが非常に多くなっている。１９６０年代の安保闘争で亡くなった東大生の樺美智子さんを偲んでその命日は樺忌とされ、今も多くの俳句が詠まれるが、体制側との武力闘争になるようなデモは、日本ではほとんどなくなってしまったようだ。

　ところで、デモは自分たちの主張を通すために主に行政に対して行われるが、その主張が受け入れられることはほとんどない。特に、自然環境保護などは不特定多数の権利や利益につながるので、デモの内容に共感する人は決して少なくないし、その主張が達成されれば良いのにと思うことも多いだろう。

　しかし、デモで主張された内容がその

まま行政の施策に受け入れられることは、極めて少ない。つまり、合理的に考えれば、デモは参加しても無駄な時間を費やすだけのものになると考えるのが多くの人に共通するところだろう。また、デモの意義については、その在り方自体が不安定なものなので、その判断は難しい。例えば、誰もが本当に必要であると求める内容を要求するためのデモに多くの人々が参加して巨大化したために、交通混雑や環境被害、あるいは人的トラブルを引き起こしたりする可能性も十分有り得るわけで、そうしたデモに参加することを善であるとも言い切れないのである。

ところで、本項で考えたいのは、デモの本質的考え方である。要望の実現を求めるために行っているにも関わらず、その結果を即座に得ることを目的としていないという特異性についてである。デモによって、主張を完遂させることができなくても、あるいはまったくそれが思うようにいかなくても、次につながる何かがあるという点である。つまり、公益のために参加したデモで、自分の思いをぶつけていく行為は、その結果の是非に関わらず、利益を追わない無駄な行為であると位置づけることができるのではないだろうか。

合理性に基づかないところで存在するデモという行為は、21世紀に生きる人間の営みとして重要なモノの一つといえるのではないだろうか。

インターネットで進む金銭的合理性の危うさ

インターネットの普及は、人々の金銭の価値観に決定的な方向をつけた。オリンピックではないが、より安く、より早く、そしてより良質なサービスを、という極めて貪欲な思考パターンが定着した。そこでの購入判断の基準はほぼ金銭の多寡であり、当り前のようだがお金でしか結論を出せない方程式が完成した。店の雰囲気、接客の仕方、持ち帰りができるかどうかなど、現実の空間で買物をする際のような、購入に至るまでの思考の変遷はほとんどなく、パソコンの前で購入金額を確認し、決済を進めるだけなのである。

ところで、以前は株の売買というと、投資家が証券会社の営業マンに電話で注文して行い手数料を支払っていたのだが、インターネットを使っての売買ができるようになると、一瞬で取引が完了し、しかも証券会社に支払う手数料は1／100程度になった。当然ながら、手数料が高くしかも注文に時間がかかる相対で取引をすることは、ほとんどなくなった。

書籍を買う場合はどうだろう。町の本屋は激減し、かつ品揃えも薄い。欲しい本を注文すると届くまで一週間かかり、またその店まで取りに行かなければならない。アマゾンで作者別に作品を検索すれば、欲しい本ばかりか好きな作者の知らなかった本まで一覧できる。注文すれば、一日で家に無料で送られてくる。本屋で買うのと同じ価格で、より良いサービスを受けることができるのである。これらは、インターネットの普及により確実に変化した生活様式の典型的な例と言えるだろう。一方で、モノを買う時インターネット上の仮想マーケットで、最も安い金額のモノを探すという作業も多くの人の日常となっている。

人は現実の空間でモノを買う時、その商品の価格が自らの使用価値と比べて妥当であるかどうかを無意識に考えて購入する。その際は、接客を受けた時の満足度なども勘案される。つまり、金額の非合理性を始めとし、かなり中途半端な結論で購入に踏み切ることも多い。適当に無駄な買い物を実践しているのである。そうした心持ちにも一つの豊かさがあると考えた時、金銭的合理性だけが判断基準のインターネット取引への過度な依存は、心に遊びを失くしていくような危うさを感じるのである。

さて、インターネット取引においてＡＩが駆使されることで、商品の種類や金額を選択するチャンスも企業の側に奪われてしまう危険性もある。消費者のプライバシーのデータも把握されるようになれば、その弱みに付け込んだ商品情報も確実に送りこむことができるようになる。消費者が、ＡＩによってもたらされる合理的情報に対峙するためには、やはり無駄を大切にする思想こそが有効なのではないだろうか。

相続では無駄を心掛けよう

日本の相続制度では、亡くなった人（被相続人）の法定相続人だけが被相続人の財産を継承することになっている。財産（債務も含め）を継承することを相続という。相続することができる人を法定相続人といい、通常配偶者と子である。子がいない場合に、孫・親・兄弟、そして甥・姪まで権利は拡がるが、それ以上の範囲には拡がらず、極めて限られた人たちの中で遺産は継承される。但し、それ以外の人でも養子になって相続人になったり、遺言で財産をもらうことは可能である。

財産を引き継ぐ権利は、法律で守られている。その権利を法定相続分といい、配偶者と子では遺産全体をそれぞれ1／2ずつ取得する。子が2人いれば子1人は1／4（1／2÷2＝1／4）となる。但し、法定相続人の中で財産をどう分割するかは自由であり、法定相続分は相続人同士で争いになった時の分割の目安、と考えるのが妥当である。

さて、この争いが本項のテーマなのだが、少子高齢化社会になって子がいないために相続人が兄弟になったり、兄弟も亡くなっていて甥や姪になると、お互い日常の付き合いは疎遠であるのが普通であり、それぞれの立場や亡くなった人との縁の深さもまちまちである。

例えば、被相続人を最後まで看取った姪と何十年も被相続人と会ったこともなかった養子がいた場合、姪には相続分はなく、養子が相続することになる。あるいは、被相続人に配偶者も子もなく別の兄弟が1人いたとすると、件の姪とその兄弟の権利は同等である。

こうした明らかな矛盾点を抱えた相続の場合だけでなく、配偶者と子2人が法定相続人という通常よくある場合でも、それぞれが意見を主張して、特別多額なわけでもない遺産について分割協議（財産分け）がまとまらないことも多くなっている。

相続は常に財産を金額で具体的に表示し、限られた人のみで合理的に分けていくという目制度である。被相続人とのコミュニケーションの濃淡や介護を長期間行ったなどという目に見えない経済的利益の存在は考慮されない非常に矛盾した制度でもある。だからこそ、法律だけを念頭に置くのではなく、相手のことを考え、自己の権利について合理的に主張しすぎることなく、相手に譲ることができるかどうかの判断力に人間としての見識が問われることになる。

筆者はこれを、相続における権利調整と呼んでいる。つまり、自分にとって無駄な（生前の介護の実績を認めてあげたり、法的相続分を主張しない）ことを積極的に心掛けることで相続においての関係者間のコミュニケーションは円滑になり、相続後も豊かな人間関係を築いていけるのである。金額の合理性を捨て財産を譲歩して相続することについて、損をしたという意識を持たないことが肝要なのである。

相続は、人生において財産が最も人から人へ移転する時である。その際、法律で合理的に決められた分配のルールを超越して、自ら無駄の思想をまっとうできるかどうかに相続人同士のこれからの幸せが方向づけられていくのである。それは、すべて相手への思いやりから生まれるものである。

無駄な経費

公営企業が民営化した時や大企業が赤字を出して新たな経営方針を掲げた時に、お決りのお題目は、無駄な支出の削減である。ここでいう無駄は、利益を生まない支出を意味するわけだが、資本主義社会ではその考え方は極めて当然な方針であるとされてきた。しかし、その結果、従業員や一般市民（顧客）は、不当な扱いを受けることになった。無駄な経費とは、まさしく彼らのために使われている支出なのである。

表面的には、常に顧客の利益・従業員の生活を守るという姿勢を見せながら、利益を得るためには企業に関わるこうしたステークホルダーのために支払う支出は無駄と断じたわけなので、看過できることではない。「無駄な経費の支払い」という概念は、資本主義の論理では解決できない問題なのである。

合理化によって、交通を司る企業では車両数や運転本数の減少を早々に行い、メーカーは利益の望めない製品の生産を打ち切り、コンビニやスーパーは売れ行きの悪い商品を売場から一掃する。顧客の都合など一切顧みられることなく、企業側の論理でサービスが打ち切られるのである。まさに顧みてもらえない単なる客に貶められてしまうわけである。

野球やバレーボールなどのチームの解散、スポーツサークル活動の廃止など、地域貢献・文化貢献のために投じた経費は真っ先に削られる。自然環境保護への取り組み、被災地支援への参加などといった社会活動費も大幅に縮小され、それに携わっていた社員が営業へ回されることなどは一朝の下に行われる。更に業績が悪くなれば、従業員は合理化計画の名の下に一斉に解雇される。「早期退職で割増退職金」など理屈をつけても、結局従業員のステークホルダーとしての立場を切り捨てるのである。そして、このように無駄な経費を削減することは人と人とのつながりを断つことに他ならない。

つまり、合理化優先の思考では、この「人」のことが抜け落ちてしまっている。無駄な経費と断定されたものの多くが、実はステークホルダーを思いやる企業活動であったのだということを、思い知らなければならないのである。

資本主義的思考つまり利益至上主義から抜け出すための一つの試みとして無駄な経費とされている支出こそ、その使われ方を再検討すべきであると言いたい。それは決して、悪い経費や損失をもたらすだけの支払いとは違うはずである。長い目で見れば企業に利益をもたらす経費である。損益計算書で示されるいわゆる勘定科目の表記だけでは読み解けない「人のために使われる経費」の在り方を明確にしていかなければならない時代である。

コミュニティでの無駄の大切さ

人が誰かと仲良くなったり助け合ったりすることについて、理由が必要な時代である。合理的な建前がないとコミュニケーションをもつことが困難になってしまった。特に、この認識は男女の出会いや交際には大きな影を落としている。

共同体の基礎は家族であり、その出発点である男女のコミュニケーションの場づくりがスムーズでなくなってしまったということは、日本の社会が大きく変わっていくことを意味する。民俗学者の宮本常一氏は、戦後間もなく山村を幅広く訪ね、地域社会を存続するための知恵として、男女の柔軟なコミュニティづくりを紹介している。

日本は個人主義の蔓延で、共同体はおろか近所づきあいや親戚づきあいも急速に衰え21世紀を迎えた。日本のコミュニティの特徴は、その構成員がお互いに助け合うところにある。特に、生活弱者に対しての互助精神は一貫して守られてきた。時には個への過剰な干渉も生じるが、コミュニティの内部では誰かのために自分にとっては利益のないことを進んで、そして自然に行う無駄の思想が脈々と流れていたのである。

個の存続を重視する現代社会では、他人に干渉するということは、強く戒められている。

この教えは、理由もなく誰かを助けてあげるという思考も封印してしまうことにつながる。自分には無駄であることを無意識に行う習慣が消失していくのである。また、社会に対して積極的に働きかける志をもったとしても、その活動のための助け合いのネットワークを構築することは極めて困難であり、かろうじて高齢者が趣味のサークルでのボランティア活動に参加するのが関の山である。

昭和の頃に定年後何もすることがなく、妻の負担になっている仕事人間だった夫を「濡れ落葉」などと称したが、合理的な思考だけの社会になりつつある今の日本においては、コミュニティから脱落した個人の悲哀は、全世代の課題になっているのである。

ムラ社会が没落した要因の一つは、組織外の構成員に対して排他的であったことである。グローバル社会への信仰が色褪せてきて、定常型（トントン）社会を志向していく機運が拡がりつつある今、新たなコミュニティの構築は必然である。その際は理屈をつけて合理的に結びついた特定の関係でなく、無駄の思考に基づいた不特定多数の者を受け入れる公益性のある組織が主役にならなければならない。

毎日の無駄な備えが災害を防ぐ

東日本大震災後、公益社団法人東日本大震災雇用・教育・健康支援機構を自ら作って以来、災害復興活動の末席に身を置いているが、ここでも無駄という言葉の重みは大きい。東京電力福島原子力発電所と岩手県田老町の防潮堤、この二つに共通するのは、安全対策に関して「無駄だと思う」ことは最も危険であるという戒めである。

東京電力福島原子力発電所では、事故より前に津波対策について議論されていたにも拘わらず、過剰な設備投資は「無駄である」との平時の経営感覚によって見送られていた。一方、過去の津波被害を鑑み、海面から10ｍの高さで造られた田老町の巨大防潮堤は、万里の長城とも呼ばれ、無駄の象徴との扱いも受けていた。しかし、それをも破壊し、津波は町を飲み込んだ。無駄が足りなかったのであった。

いずれも無駄という抽象的な判断基準だけでは測ることができない結果ではあったものの、少なくとも金銭的合理性でモノを考えていては災害を防ぐことはできないということが明白になった。特に、原発事故では、目先の金銭的合理性を優先させたツケは、何百倍・何千倍になって返ってきてしまった。更に、その後も金銭では測ることができない数多くの傷跡を人々に残してしまった。

ところで、合理的思考は、災害時の人々の行動にも影響を与えている。災害や事故など非日常的な事態に陥った時に「自分は大丈夫。今日は大丈夫。」と都合の悪い情報を合理的に切り捨ててしまうことを正常性バイアスというのだが、人はこうした意識が働いて避難の行動に直ちに移らないことが往々にしてある。災害や事故が頻発した大昔には、いちいちパニックにならないように精神的安定をもたらす特性として自然に身に付いた側面もあるようだが、平和な日常が当然になった日本においては、いつもの合理的判断が働いてしまうことで災害に対する行動が疎かになるのは重大なリスクといえよう。

防災技術が進み、津波情報もかなり正確に伝えられた東日本大震災でも、結果として迅速な行動には至らなかったケースも多々あったようだ。一方で、震災前は１００％無駄と思われていたような避難訓練を繰り返していた地区や組織では、速やかに避難を成し遂げている。日本人の日常生活の中で過剰に浸透した無駄の排除と合理性優先の思考が、災害においては最大のリスクになるのではないだろうか。

先人の教えの再考

現在の経済社会の基礎を作ったアダム・スミスやマルクスの思想について、新しい角度からの光が当てられ始めている。２００年余り続いた資本主義的思考が大きな限界を露呈し、定常型（トントン）社会・持続的社会への急速な移行が求められているが、そもそも資本主義の精神的支柱であった先人たちは、利益優先主義に固執せず、人々のコミュニティや自然環境を大切にしていくことを最も大切なことであると考えていたことが明らかになってきたのである。特に、自然はすべての人々の共通財産であり、資本家が搾取してい

くことに強い懸念を示していたという点には脱帽である。

資本主義が過剰に社会を包み込んでしまった結果、すべての活動が常に利益獲得を前提にした金銭取引によって進んでいき、社会の公平性や生活環境の破壊が生まれ、文明は進んでも決して豊かとは言えない社会に変容してしまった。すべての人に生活の安定をもたらすはずの理想は、どこへ行ってしまったのか。

経済や産業の発展と反比例して文明は減退しているという事実もある。すべてのことがお金で換算されている社会では、利益を上げるとはお金が増えることを意味するが、現実にはお金が増えても豊かではない社会、貧しい人が増えるという現象が起きている。

お金は無駄を嫌う。ところが、本書で述べているように、人は無駄なことをすることで豊かになることが多い。つまり、豊かさとは何かを考えるには、無駄とお金を切り離していく必要があるのではないだろうか。豊かかどうかをお金の多寡で判断する思考自体矛盾があるのである。お金の思想から解放されたところで無駄について考えることができれば、更に豊かな無駄が溢れ出てくるのではないだろうか。

合理的かどうか、ということもお金を基準に判断されることが多いが、無駄なことをすると豊かになるのであれば、合理性と豊かさの関係にも疑問が生じてくる。今、無駄なことととされているすべてのことに思い込みを切り捨てて向き合っていきたい。

思いやり溢れる世界の為に

新型コロナウイルスの大流行は、世界中の人々に、それまでの生活や仕事の在り方を変革させてしまった。おそらく、このパンデミックは、すべての人々の価値観に大きな影響を与えたことだろう。

そして今、コロナ禍前まで自分が日々営んできたことが果たして良いことであったのかどうかを検証する時が流れている。一般市民の誰もが、世界の中の自分、というマクロ的な感情を現実的に持つようになってきたともいえよう。人と人、更に自然環境との向き合い方が世界中で問われているのである。これからの時代はその中で、自分がどうあるべきかを考え、行動していくことになるのだろう。

合理性を最優先させて、スピードを加速させることばかりを考え、スローライフなどと耳障りのいい言葉を掲げつつ、結局非合理性とは正しく向き合わなかった見せかけのゆとりの日々とは、はっきり決別することが必要なのではないだろうか。

日本は島国なのに無策で入国をさせた検疫システム、マスクを始めとした必要な衛生消耗品の不足、医療機関や保健所など現場の過剰負担等々、有事に向けた平時からの備えがまったくできていなかったことが露呈した。どれも概念的に「これで良い」という合理的思考で済ませてきた日々の無策の結果である。無駄を覚悟した一期一会の取り組みがどれほど大切かを思い知らされたのである。

人間はすべての生物の頂点に立った優れた存在である、という思い上がった思考を捨てなければならない。無知で愚かな自分を真摯に受け止めて、他者に対して、更に自然に対して、合理的思考を排除し、全力で向き合っていくことを心掛けていかなければならない。

そのための基本的在り方——思いやりをもって行動するためには、常に丁寧に無駄なことを積み重ねていく覚悟が不可欠である。

● 参考文献一覧

伊集院静「ミチクサ先生」『日本経済新聞』二〇二〇年一二月三日、二〇二一年五月二〇日
稲盛和夫監修／プレジデント書籍編集部編『無私、利他 西郷隆盛の教え』プレジデント社、二〇一七
岩井克人『貨幣論』筑摩書房、一九九八
岩井克人＋丸山俊一＋NHK「欲望の資本主義」制作班『岩井克人「欲望の貨幣論」を語る』東洋経済新報社、二〇二〇
宇沢弘文『社会的共通資本』岩波書店、二〇〇〇
宇沢弘文『人間の経済』新潮社、二〇一七
エマニュエル・トッド他／鶴原徹也編『自由の限界 世界の知性21人が問う国家と民主主義』中央公論新社、二〇二一
大沼あゆみ『生物多様性保全の経済学』有斐閣、二〇一四
筧裕介『持続可能な地域のつくり方』英治出版、二〇一九
クーリエ・ジャポン編『新しい世界 世界の賢人16人が語る未来』講談社、二〇二一
源空／黒田真洞、望月信亨編『法然上人全集』宗粋社、一九〇六
小松隆二『公益とは何か』論創社、二〇〇四
小松隆二『公益学のすすめ』慶応義塾大学出版社、二〇〇〇
小松隆二『公益とまちづくり文化』慶応義塾大学出版社、二〇〇三
斎藤幸平『100分de名著 カール・マルクス「資本論」』NHK出版、二〇二一
斎藤幸平『人新世の「資本論」』集英社、二〇二〇
佐々木隆治『マルクス資本論 シリーズ世界の思想』KADOKAWA、二〇一八
渋沢栄一／守屋淳訳『現代語訳 論語と算盤』筑摩書房、二〇一〇
シャルル・ド・モンテスキュー／井上堯裕訳『法の精神』中央公論新社、二〇一六
ジャック・アタリ／林昌宏訳『2030年ジャック・アタリの未来予測』プレジデント社、二〇一七
ジャン・ジャック・ルソー／桑原武夫、前川貞次郎訳『社会契約論』岩波書店、一九五四
ジョセフ・E・スティグリッツ／山田美明訳『スティグリッツ *PROGRESSIVE CAPITALISM*』東洋経済新報社、二〇二〇
ジョン・マッキー他／鈴木立哉訳『世界でいちばん大切にしたい会社 コンシャス・カンパニー』翔泳社、二〇一四
城山三郎『雄気堂々（上・下）』新潮社、一九七六

新村出編『広辞苑』第五版　岩波書店、一九九八
堂目卓生『アダム・スミス「道徳感情論」と「国富論」の世界』中央公論新社、二〇〇八
芳賀徹『文明としての徳川日本　一六〇三―一八五三年』筑摩書房、二〇一七
橋本五郎『範は歴史にあり』藤原書店、二〇一〇
広井良典『ポスト資本主義　科学・人間・社会の未来』岩波書店、二〇一五
広井良典『人口減少社会のデザイン』東洋経済新報社、二〇一九
広井良典・須藤一磨・福田幸二『AI×地方創生　データで読み解く地方の未来』東洋経済新報社、二〇二〇
ポール・コリアー／伊藤真訳『新・資本主義論「見捨てない社会」を取り戻すために』白水社、二〇二〇
マイケル・サンデル／鬼澤忍訳『公共哲学　政治における道徳を考える』筑摩書房、二〇一一
マイケル・サンデル／鬼澤忍訳『これからの「正義」の話をしよう　いまを生き延びるための哲学』早川書房、二〇一一
マイケル・サンデル／鬼澤忍訳『それをお金で買いますか　市場主義の限界』早川書房、二〇一四
前田吐実男『俳句　俺、猫だから』歴史探訪社、二〇一八
牧野元次郎『ニコニコ主義』中村雅次、一九二七
間瀬啓允編『公益学を学ぶ人のために』世界思想社、二〇〇八
三木義一『日本の税金　第3版』岩波書店、二〇〇三
三木義一『税のタブー』集英社インターナショナル、二〇一九
峰岸純夫『中世鎌倉盛衰草紙』歴史探訪社、二〇二〇
美原研『天僕先生診療控』新樹社、二〇一〇
宮本常一『忘れられた日本人』岩波書店、一九八四
メリアン・ウルフ／大田直子訳『デジタルで読む脳×紙の本で読む脳』インターシフト、二〇二〇
ユヴァル・ノア・ハラリ／柴田裕之訳『サピエンス全史　文明の構造と人類の幸福（上・下）』河出書房新社、二〇一六
養老孟司『無思想の発見』筑摩書房、二〇〇五
吉本佳生・NHK「出社が楽しい経済学」制作班編『出社が楽しい経済学』NHK出版、二〇〇九
レベッカ・ヘンダーソン／高遠裕子訳『資本主義の再構築　公正で持続可能な世界をどう実現するか』日経BP、二〇二〇

無駄の物語

田中　潤（たなか　じゅん）

1959年生まれ。横浜市で税理士事務所を経営。

一般社団法人東日本大震災雇用・教育・健康支援機構　理事長。

公益社団法人受動喫煙撲滅機構　理事長。

著書に「こんな税金ならよろこんで払います」（オーエス出版）、「きっと今までになかった相続の権利調整を考える本」「鎌倉俳句日記」（歴史探訪社）、他。

イラスト　菅原 千明
デザイン　青山 志乃

2021年9月15日　初版第1刷

著　者　田中　潤
発行人　田中　裕子
発行所　歴史探訪社株式会社
〒248-0007　鎌倉市大町2-9-6
Tel. 0467-55-8270
https://www.rekishitanbou.com/
発売元　株式会社メディアパル（共同出版者・流通責任者）
〒162-8710　東京都新宿区東五軒町6-24
Tel 03-5261-1171 Fax.03-3235-4645
印刷・製本　新灯印刷株式会社

ISBN978-4-8021-3278-7　C0030